철따라 텃밭 작물 기르기

통소농부 정혁기

철따라 텃밭 작물 기르기

알아두면 쓰임새 있는 60여 작물 재배 요점

책을 펴내며

농사가 밭을 땀 흘려 일구고, 직접 가꾼 정성이 담긴 재료를 수확하여 생활에 이용하고, 남고 모자란 것을 이웃과 서로 주고 나누기도 하며, 생물을 대하며 생명과 환경, 자연과 생태계의 소중함을 느끼는 활동으로 발전하고 있다. 먹을거리를 생산하는 본원적인 기능과 함께 자연 순환과 생명에 대한 이해, 공동체적 협동과 나눔, 심신 치유, 문화, 교육 등 다양한 부가적인 가치를 지니고 있기 때문이다.

이 책은 필자가 '귀농귀촌', '도시농업', '직무교육' 등의 과정에서 교육, 실습을 진행하며 가르친 주요 작물에 대한 내용이 바탕이 되었다. 되도록 실제 활동에서 이용할 수 있고 재배해 봄직한 60여 가지 작물들에 대한 재배요령을 소개했다. 그러나 식물의 재배관리에 대한 설명은 대상 작물이 수없이 다양하며 물길과 땅이 다르고 지역의 높낮이와 기온이 다른 데다가 이 말고도 환경에는 변수가 많다. 한가지 식물에 대한 설명만으로도 한 권의 책이 만들어진다. 보고 배워 스스로 자신의 환경에 적합한 영농을 익혀야 한다. 농사를 가까이 하려는 사람들에게 참고서가 될 수 있기 바란다. 이 책의 내용은 앞선 사람들의 덕분이다. 농사라는 것이 기본적으로 오랜 시간에 걸쳐 지구상에서 인류가 이루어낸 경험과 지혜의 축적이기 때문이다.

차 례

가지 감국 감자 갓 결명자 고구마 고추 고들빼기
국화 근대 냉이 당귀 당근 대파 더덕 도라지 들깨 땅콩
마늘 머위 무 민들레 밀 바질 배추 벼 보리 부추 브로콜리
비트 삼엽채 상추 생강 샐러리 수박 순무 시금치 쑥갓
아마란스 아욱 양파 엉겅퀴 열무 오이 옥수수 완두
쪽파 참깨 참외 채심 취 콩 토마토 해바라기 호박

가지

　　　　　　가지과에 속하는 대표적 작물로 인도가 원산지이며 햇빛을 좋아한다. 꽃말은 진실이다. 원래 여러해살이 식물이나 우리나라에서는 겨울을 못 나기 때문에 한해살이로 재배한다. 육모의 경우 일반적으로 2월 상순 씨 뿌려 4월 하순~5월 상순 바로심기(정식)하고 수확 시기는 7월 상순~10월 상순이다. 물 빠짐이 좋은 토양이 좋으며 밑거름을 충분히 준다.

　파종은 싹 트는데 시간이 많이 걸리므로 직파보다 싹을 내 육묘하거나 모종을 구해 심는다. 육모하는 경우 트레이나 재배상자에 상토를 채워 파종하고 물을 충분히 주면 6~7일 지나 싹이 튼다. 육모는 70~80일 걸린다. 바로심기 때 심는 거리는 50cm 정도로 한다. 직파하는 경우 소독하여 미리 싹을 틔운다.

키가 자라면 보통 지주대
를 세워 쓰러짐을 방지해
준다.

재배관리 요령으로는
줄기와 곁순, 잎을 관리
해 준다. 원가지와 1번
꽃 밑의 2개의 곁가지 등
상태가 좋은 3가지를 키
운다. 아래 부분 잎과 겹
치고 병들거나 약한 잎, 곁순을 따주어 통풍이 잘 통하고 햇빛
이 잘 들게 해준다. 잎을 방치하면 곁순이 자라 잎이 우거져 발
육이 좋지 않고 꽃이 떨어지거나 열매 색깔이 좋지 않다. 여름
철의 고온과 건조 현상은 식물체가 약해져 열매달림이 나빠지는
원인이 되어 6월 말경에 갱신 전정1)으로 원가지 또는 곁가지
밑의 강한 눈을 남기고 잘라주기도 한다.

수확은 6월부터 서리 내리기 전까지로 꽃 피고 25~30일 경
이다. 가지는 조금 일찍 수확하는 것이 좋다. 늦으면 단단해져
서 품질이 떨어진다. 과일 형태는 구형, 난형, 중장형, 장형, 대
장형이 있고 자색, 백색, 황색이 있다. 대개 무게가 개당 80~
100g 정도이다. 열매를 계속 따기 때문에 토양의 양분이 부족
해져서 열매가 부실하며 생육이 더디게 된다. 웃거름을 바로심

---

1) 갱신전정 : 생리적으로 노쇠한 개체를 젊은 상태로 재생장 시키기 위해 하
   는 전정을 말한다.

기 후 3주 간격으로 3~4회 나누어 준다.

병충해로는 역병, 잘록병, 풋마름병, 잿빛곰팡이병, 흰가루병, 응애, 진딧물, 무당벌레, 온실가루이, 총채벌레 등이 발생한다.

가지는 날로 먹어도 좋고 말리거나 혹은 무치거나 삶아서 여러 식재료로 이용하기 좋은 채소 열매다. 이규보(李奎報, 1168-1241)는 『동국이상국집(東國李相國集)』의 '가포육영(家圃六詠)'에서 꽃 보고 열매 먹기로 가지만한 것이 없다고 평했다.

가지(茄)

물결치는 자주에 붉은 빛 띠었으나 늙음을 어찌하랴
꽃 보고 열매 먹기로는 가지만한 것이 없네
밭이랑에 가득한 푸른 알과 붉은 알
날로 먹고 삶아 맛보고 가지가지 다 좋네
浪紫浮紅奈老何 / 看花食實莫如茄
滿畦靑卵兼赬卵 / 生喫烹嘗種種嘉[2]

---

2) 이규보의 한시 〈가지〉, 자료 한국고전번역연구원.

감국

　　　국화과에 속하는 여러해살이 식물로 우리
나라 전역에 자생하고 있다. 감국(甘菊)은 단맛이 나는 국화라는
뜻이다. 번식은 꺾꽂이(삽목법)와 포기나누기(분주법)으로 한다.
처음 재배할 때나 나누어 심을 포기가 없을 때는 삽목법을 주로
이용한다.

　삽목법은 모래를 10cm 정도로 깔고 묘상을 만들어 이용한다.
삽수는 4~5월 잎이 필 무렵의 줄기를 잘라 길이 8~10cm로
하고 잎을 2~3매 붙여 사용한다. 상토에 비스듬히 꽂고 반음지
나 차광망을 쳐주고 물을 충분히 준다. 2~3주일 후면 뿌리가
나오고 3~4주 후에는 새싹이 5~6cm 자라 바로심기(정식) 가
능한 모가 된다. 심기는 이랑 간격 50cm, 포기 간격 30cm 정
도로 한다. 키가 30cm 정도로 자라면 순지르기(적심)하여 가지
가 벌게 해주며 북을 준다.

　꽃이 9~11월에 핀다. 노란 꽃을 따서 손질하여 국화차로 애
용한다. 꽃을 1~2일 말리고 쪄서 햇볕에 말려 보관하여 만든
다. 꽃의 색깔이 살아있으면서 감국의 향기와 맛을 느낄 수 있
으면 상품이다.

감자

　　　　　　　　　페루, 칠레 등 남미 안데스 산맥이 원산지로 세계적으로 재배되는 가지과 작물이다. 건조하고 척박한 토질에서도 잘 자라는 편이며 재배 기간이 짧아 관리를 잘하면 수확하는 재미가 큰 작물이다.

　서늘한 기후를 좋아하는 대표적인 봄 작물이다.3) 감자는 씨감자를 이용하는 영양번식으로 재배한다. 싹 틔운 씨감자를 쪼개 3월 말이나 4월 초에 밭에 심으면 6월 하순~7월 경에 수확하게 된다. 씨감자는 농협이나 시장에서 구할 수 있다. 일반 감자를 쓰지 않고 농협에서 씨감자를 구하는 이유는 병이 없는 우량한 감자를 확보하기 위해서다. 감자 수확과 품질은 씨감자에 영향을 많이 받는다. 특히 탄저병, 역병 등 병에 걸리면 수확이

---

3) 감자는 봄에 많이 재배하지만 여름 지나 8월 중하순에도 심는다.

떨어지기 때문에 우량 씨감자를 구해서 심는다. 우리나라에서는 강원도 고랭지에서 씨감자를 재배해 공급하고 있다.[4]

씨감자를 구하면 춥지 않은 실내(15~20℃)에 감자를 보관하여 감자 씨눈이 나오게 한다. 감자 씨눈이 적당히 자라 오르면 쪼개기에 들어가는데 씨눈이 적어도 1곳 이상 있도록 2~5조각으로 자른다.

칼로 쪼개 건조 중인 씨감자

감자는 윗부분 씨눈의 생장력이 좋으므로 되도록 윗눈을 살려 자른다.[5] 큰 것은 4~5조각, 큰 달걀 정도 크기면 2조각, 작으면 통째로 쓴다. 한 조각이 대략 30~50g 정도면 좋다.

감자를 자를 때 쓰는 칼은 소독하면서 써야 한다. 끓인 물이나 불로 칼을 자주 소독해가며 균이 감자에서 감자로 옮겨지지 않도록 세심히 작업한다. 또한 칼로 감자를 쪼갠 절단면은 상처이기 때문에 진물이 마르고 잘 아문 후 심어야 한다. 상처를 통해 병균 감염이 안 되게 하기 위해서다. 따라서 씨감자 자르기는 밭에 심기 전에 자른 면이 치유될 수 있도록 충분한 시간 여유를 두고 실행한다. 감자를 밭에 심는 시기는 중부지방은 3월

---

4) 씨감자 소요량 150kg/300평
5) 정아우세(頂芽優勢) : 줄기 끝에 있는 분열조직에서 합성된 옥신은 윗부분 눈의 생장을 촉진시키고 아래로 확산하여 곁눈의 발달을 억제하는데 이를 정아우세라고 한다.

하순~4월 상순경이다. 추운 지방일수록 늦고 남쪽 지방은 이보다 빠르다. 심는 간격은 20~25cm가 적당하다. 심을 때는 싹이 완전히 묻히도록 구멍에 씨감자를 놓고 약 5㎝ 두께로 흙을 덮어준다.

감자는 심은 후 20~30일 후면 땅 위로 싹이 나오고 잎이 전개되며 함께 땅속줄기가 신장하게 된다. 싹이 10cm 정도 올라오면 풀이 올라오는 것을 막고 온도 유지, 수분 보존을 위하여 북주기를 해준다. 감자 꽃은 심은 지 50일 경 핀다. 덩이줄기 형성기는 싹이 출현하여 꽃이 피기 전까지로 땅속줄기의 선단부에 덩이줄기가 형성되는 시기여서 거

름주기, 북주기 등 재배관리를 잘 해준다.

덩이줄기 비대기는 꽃필 때부터 줄기가 누렇게 변하는 시기까지다. 비대기에는 중량이 증가하므로 토양수분을 적절히 유지하는 것이 중요하다. 밤낮 온도 차가 커야 비대 속도가 빠르고 전분 축적이 잘 이루어진다. 덩이줄기 성숙기는 비대가 중지되고

16

잎과 줄기가 말라 죽으면서 완숙단계에 들어가게 되는 시기다. 감자 표면이 충분히 굳어져야 기계적인 상처가 감소되고 저장력도 향상되므로 약 2주 전부터 물주기를 하지 않는다.

수확 시기는 잎이 누렇게 되는 때(황엽기와 고엽기 사이)로 심은 지 90~100일 정도 걸린다. 하지 무렵부터 수확 시기여서 감자를 하지감자라고도 부른다. 수확이 늦으면 감자의 전분이 감소하기 때문에 때를 맞추어 수확한다.6) 병해충으로는 역병과 검은무늬썩음병, 28점무당벌레가 있다.

감자 요리는 다양하고 폭넓게 활용된다. 찌개, 전, 국, 조림, 볶음, 튀김 등 어디든 잘 어울린다. 심는 품종도 다양하다. 품종으로는 남작, 수미, 대지, 세풍, 조풍, 남서, 대서, 가원, 자심, 추백, 조원, 자서, 추동, 신남작, 가황, 추강, 추영, 하령, 서홍, 고운, 자영, 홍영 등이 있다. 홍영, 자영, 자서는 색깔 감자이다. 수미는 생산량의 70%를 차지할 만큼 많이 재배하는 품종이다. 점질이 많은 감자는 주로 찌게, 반찬용으로 이용되고 남작, 대서같은 감자처럼 분질이 많고 포곤포곤한 감자는 삶아 먹기 좋은 품종이다.

---

6) 수확량은 품종에 따라 다르나 300평 당 2,400kg 정도다.

갓

　　　　　　중앙아시아가 원산지로 우리나라 전역에
재배한다. 십자화과 식물로 서늘한 기후를 좋아한다. 일반적으로
잎 모양과 색깔에 따라 청갓, 적갓, 얼청갓으로 구분하며 이용
측면에서는 김장김치의 속 양념으로 이용하는 들어가는 얼청갓
과 김치로 많이 담는 돌산갓이 대표적이다. 돌산갓은 1991년
전라남도 여천군 지역특산
품으로 지정된 품종으로 잎
이 크고 특유의 향취가 있
어 김장용으로 인기있는 채
소다. 갓은 톡 쏘는 맵고
쌉쌀한 맛이 있어 식욕을
돋우며 영양소 또한 풍부하
다. 봄에 겉절이로도 담고
어린잎과 줄기는 쌈채소로
도 이용한다.

　　봄 재배와 가을 재배가
가능하며 가을 재배가 많이

청갓

이루어진다. 봄 재배는 4월 상순 씨 뿌려 6월에 수확한다. 김장용으로 많이 쓰이는 가을 재배는 남부 지방은 9월 중순, 중부 지방은 9월 초순 씨 뿌려 11월 경 김장철에 맞춰 수확한다.

파종은 평이랑에 줄 간격 30cm로 하여 1~2cm 간격으로 줄 뿌림하고 흙을 얇게 덮어준다. 4~5일이면 새싹이 올라온다. 솎아주기는 파종 후 잎이 2~3장 될 때 실시하여 포기 사이가 10cm 정도 되도록 해준다. 파종 후 3주 경에 웃거름을 준다.

김장용 갓은 심는 시기가 너무 이르면 많이 자라 조직이 억세져서 김장용으로 알맞지 않고, 너무 늦으면 연약해 김치 맛이 없게 된다. 사람들이 잎이 부드러운 갓을 선호하는 편이다. 따라서 김장 때에 맞추려면 갓의 파종 시기를 조절해야 한다. 지역과 기상에 따라 생육에 차이가 있으나 파종 후 수확 시기까지 생육 기간을 고려하여 배추 모종을 심은 후 2주 정도 지나서 파종하면 적당하다. 갓의 수확은 파종 후 40~60일 지나 키가 40~50cm 정도로 자랐을 때가 알맞다.

충해로 배추좀나방, 진딧물, 벼룩잎벌레, 배추흰나비 등이 있으며 나방류의 피해가 많은 가을에는 한냉사로 덮어주면 방제에 도움이 된다.

결명자

　　　　　　　　북아메리카지역이 원산지로 한해살이 콩과 식물이다. 결명자(決明子)라는 이름은 눈을 밝게 해주는 씨라는 뜻에서 유래되었다. 파종은 4월 말~5월 상순으로 씨앗을 하루 정도 물에 담구었다 물기를 말려 심는다. 두 줄 재배 시 열 간격은 50~60cm 정도로 줄뿌림 하거나 25cm 간격으로 한 구멍에 3~4알 심어주고 솎아준다. 솎음은 본잎 2~3장 때나 약 15cm 자랐을 때 하나만 남기고 하고 북주기를 해준다. 7월 중순~8월에 노란 꽃이 피고 개화 후 60일 정도 지나면 꼬투리가 커지기 시작한다.

　늦가을이 되어 9월 중순~11월 초순 경 아래 잎이 말라 떨어지고 잎과 꼬투리가 누렇게 변할 때가 수확 시기다. 꼬투리에는 30개 정도의 모가 난 씨가 한 줄로 들어있다. 수확 요령은 익는 대로 그때그때 따주는 것이 좋다. 수확 시기가 지나면 땅에 떨어져 버린다. 결명자 차로 많이 알려져 있다. 차로 이용할 때는 좋은 씨앗을 골라 씻은 뒤 볶아 보관했다가 물 1리터에 볶은 결명자 10g 정도를 넣어 끓여 마신다.

고구마

　　　　　　원산지가 중앙아메리카 열대지역으로 메꽃과에 속한다. 싹트기 30~33℃, 싹이 자랄 때 23~25℃, 생육적온 15~35℃ 정도가 알맞다. 추위에 약하다. 온도가 높을수록 생육이 왕성하며 서리가 내리면 생육이 중지된다.

　비탈지고 물 빠짐이 좋으며 토양 통기가 양호한 사질 토양이 좋다. 품종은 육질에 따라 분질(밤고구마)인 율미, 신율미, 진홍미, 신건미, 고건미, 점질이 중간질(물~중간 고구마)인 증미, 연황미, 건풍미 등이 있다. 색깔이 있는 품종으로는 주황색을 띤 신황미, 주황미가, 자색을 띤 신자미가 있다. 고구마에는 탄수화물이 많아 주식과 간식으로 이용되고 엿, 과자, 당면 등의 원료로 이용된다. 절간(切干) 고구마는 날고구마를 썰어서 말린 것으로 알코올 제조의 원료로 쓰인다.

고구마 캐는 날

고구마 모를 직접 만들려면 씨고구마를 3월 중순~4월 상순에 바람 잘 통하고 볕이 잘 들며 물 빠짐이 좋은 곳에 지면보다 5cm 정도 낮게 파고 간격 5cm 정도로 심고 1cm 정도 흙을 덮고 충분히 물을 준다.

자란 모를 자를 때는 30cm(6~7마디)로 모의 밑둥 부분 5~6cm(3마디 정도)를 남기고 자른다. 자른 모는 15℃ 정도에서 2~3일 보관 후 밭에 심으면 활착이 빠르고 생육이 좋다. 고구마 모는 시장에서 구입해 심는 경우가 일반적이다. 고구마 줄기 100개를 한 단으로 묶어 판다. 고구마 순을 고를 때는 길이가 30㎝ 정도이고 줄기가 굵고 마디 수가 일곱 개 정도 난 것으로 마디 사이는 간격이 짧은 것이 좋다. 잎은 윤기가 나며 지나치게 시들지 않아야 한다.

이랑 사이는 75cm, 이랑 높이는 25~30cm 정도, 심는 거리는 25cm 간격으로 수평으로 약간 촘촘한 듯 심는다. 바로심기는 남부지방은 5월 초순, 중부지방은 5월 중순~6월 초순이다. 추위에 약하니 너무 일찍 심지 않도록 한다. 심은 묘가 시들거나 죽으면 보식해준다. 묘가 자라 두둑을 덮기 전까지는 잡초를 제거해 주고 생육이 왕성하도록 토양수분이 부족하지 않게 관리한다. 질소질 비료를 많이 주면 덩굴은 무성히 자라지만 뿌리 발육은 부실하다.

수확 시기는 심은 후 120일 내외로 9월 하순~10월 상중순이다. 서리 내리기 전에 수확한다. 서리를 맞거나 온도가 10℃ 이하로 내려간 후 수확하면 보관성이 떨어진다. 고구마 줄기를 먼저 잘라내고 고구마를 캔다. 보관 및 저장온도는 12~14℃, 습도는 85~90%로 알려져 있는데 고구마는 추위에 약해서 얼지 않게 상온을 유지해 주는 것이 중요하다. 예전 시골에서는 캐낸 고구마를 방 웃목에 보관하며 겨울을 함께 났다. 수확량은 300평당 3톤 정도다.

고들빼기

　　　　　국화과 두해살이 식물로 전국의 산과 들에
자생한다. 씨앗으로 번식한다. 뿌리로 월동하여 봄에 새잎이 나
오고 5~7월 노란색 꽃이 피고 자라 6월 경부터 씨를 맺는다.
쌉쌀한 쓴맛이 나며 씬나물, 쓴나물이라고 부른다. 어린잎을 나
물로 이용하고 뿌리째 캐서 2~3일 우려내고 나물과 김치로 이
용한다.[7] 입맛을 돋구며 소화기능을 촉진하는 효과가 있다. 약
용으로도 쓰이며 〈동의보감〉에서는 고채(苦菜)라 하였다.

　가을철에 성숙한 종자를 받아 냉장보관 후 이듬해 3월 땅이
녹으면 파종한다. 모종의 경우 3월 초에 뿌려 옮겨심고, 씨앗이
작기 때문에 가는 모래를 섞어 뿌린다. 파종 후에는 흙을 얇게
뿌리고 짚 등으로 바닥덮기 하여 습기를 유지해 주면 좋다. 씨
앗 채종 요령은 씨가 익으면 바람에 날아가기 때문에 그 전에
채취해야 한다. 씨를 채취하면 1~2일 말려 솜털을 비벼 털어
쓴다. 키가 40cm 정도이며 왕고들빼기는 2m까지 자란다.

　수확은 10~11월과 다음해 3~4월이다. 꽃대가 올라오면 잎
이 누런색으로 변하는 등 식용가치가 떨어지므로 꽃대가 나오기
전에 수확한다.

---

7) 김치는 고들빼기1kg에 고춧가루1컵, 마늘1통, 쪽파, 생강, 멸치젓, 찹쌀풀, 통
　깨, 소금 등을 적당량 섞어 담는다.

고추

　　　　　가지과 식물로 열대 남아메리카가 원산지
이며 기원전부터 재배했다. 본래 여러해살이 식물이나 우리나라
에서는 겨울을 나지 못하기 때문에 한해살이 작물로 재배한다.
약 5백여 년의 재배역사를 갖고 있다. 4대 채소(배추, 무, 고추,
마늘)의 하나로 채소 중 가장 많은 재배면적을 차지하고 있으며
세계에서 1인당 소비량이 최상위일 정도로 많은 작물로 재배 농
민의 중요한 환금성 작물이기도 하다.

　고추는 비타민C와 매운맛을 내는 캡사이신, 붉은 색소, 불포

화지방산(고추씨 23~29% 함유) 등 약리적 유효성분이 함유된 유용하고 없어서는 안 되는 사랑받는 채소이다.[8] 생과로도 이용되며 김치, 고춧가루, 고추장, 고추씨 기름, 추출물 등 다양한 쓰임새로 이용된다. 인도, 중국, 페루, 파키스탄, 방글라데시, 인도네시아, 멕시코 등 세계적으로도 많이 생산하고 있으며 지역적으로 경북, 전남 지역에서 많이 재배하고 있다.

품종의 종수가 많고 다양하다. 크게 건고추, 풋고추, 관상용 고추로 구분한다. 품종은 매운맛, 색깔, 크기, 수량 등과 토양, 기후 등 지역 조건을 고려하여 적합한 품종을 선택한다. 매운맛의 종류는 '매우매운-매운-보통매운-덜매운' 품종으로 분화되어 있다. 다수확 품종이나 역병, 칼라병 등에 저항성을 지닌 품종을 선택하는 것도 방법이다. 재배양식으로는 조숙재배, 터널재배[9], 촉성재배[10], 반촉성재배[11]로 구분한다. 유형으로 노지와 시설, 양액 재배가 있다. 이 글에서는 2월 중하순 경 씨를 뿌려 4월 하순~5월 상순에 노지나 하우스에 바로심기 하여 재배하는 가장 일반적 재배형태인 조숙재배를 기준으로 설명하였다.

---

8) 비만 예방, 암, 위염, 고혈압 억제, 치매 예방 및 심폐기능 강화, 환경호르몬 감소 등
9) 중부지방 경우 1월 하순~2월 상순 파종하여 6~10월 수확한다. 터널을 이용해 생육 중기까지 보온을 해주고 이후에는 노지재배와 같은 요령으로 재배하는 형태이다. 터널은 철사를 약 1m 간격으로 꽂고 유인끈으로 고정한 후 비닐을 씌워 만든다.
10) 남부 지역에서 10월 중순 씨를 뿌려 2월 상순~6월 중순 수확하는 재배양식이다.
11) 중부 이남 지역에서 12월 중순 씨를 뿌려 4월 중순~10월 상순 수확하는 재배양식이다.

1. 파종 - 모기르기(육묘)

먼저 씨를 뿌리고 모를 기를 육묘상을 설치한다. 2월이면 날이 춥기 때문에 전기나 온수로 온상을 가온하는데 소규모 육묘에서는 온도조절이 쉽고 설치비가 저렴한 전열온상을 많이 이용한다. 파종 시기는 60~80일 정도 걸리는 육묘기간을 고려하고 바로심기 예정일을 역산하여 결정한다. 조숙재배 경우 중부지방은 2월 중하순, 남부지방은 2월 상중순 경에 해당한다.

씨를 뿌릴 때 미리 싹을 틔워 심으면 발아율을 높일 수 있다. 30℃ 물에 5~10시간 담갔다가 씨앗을 헝겊 같은 천에 싸 수분 공급을 하면서 28~30℃의 온도에서 싹을 틔워(催芽) 육묘상이나 트레이에 파종한다. 생육 적온은 낮은 25~28℃, 밤은 18~22℃, 지온은 18~24℃ 정도이다. 육묘기간이 2월~4월 추운 봄철이어서 저온 피해를 입기 쉽기 때문에 온도관리에 특히 주의해야 한다. 육묘상인 때에는 본잎 2~3장 전개되면 트레이로 옮겨 심는다. 육묘 후기에는 햇빛을 충분히 받게 하고 액비를 이용해 양분을 보충해준다. 본밭에 내어 바로심기 1주일 전부터는 모굳히기(경화)를 실시하여 모를 단단하게 키운다.

2. 거름주기 - 밭만들기

바로심기 할 밭을 미리 준비한다. 먼저 밭에는 밑거름을 뿌린다. 고추는 생육 기간이 길어 양분의 요구량이 많은 편이다. 거름주기하기 전에 지역의 농업기술센터를 이용하여 토양검정을 의뢰하여 비료 종류와 적정량을 알아보는 것이 좋다.

거름의 양은 품종, 비옥도, 재배밀도와 주수 등에 따라 조절
해준다. 볏짚 퇴구비를 충분히 뿌리고[12], 석회나 고토석회, 붕사
도 공급해준다. 석회, 붕사 등 분해가 느린 것은 2~3주 전 살
포한다. 토양의 산도는 pH 6.0~6.5 정도이다. 이랑은 한줄 재
배는 80~90cm, 두줄 재배는 150cm 폭으로 한다. 물 빠짐이
좋지 않으면 한줄 재배가 좋고 이랑을 높여준다.

도시농업체험원 텃밭

3. 바로심기

포기 간격은 90×35cm로 하여 평당 10주 정도로 비옥도 등
토양상태를 고려하여 바로심기 한다. 뿌리가 너무 땅속 깊이 들
어가지 않게 심는다. 같은 면적에 같은 포기 수의 고추를 심는
다면 이랑 사이를 넓게 하고 포기 간격을 좁게 하면 통풍에 좋
고 수확, 농약 살포 등 작업관리에 편리하다. 바로심기 할 모종

---

12) 가축분 퇴비를 시용할 때는 우분 톱밥퇴비는 볏짚 퇴구비와 동일량, 돈분
   톱밥퇴비는 22%, 계분 톱밥퇴비는 17% 해당량을 시용한다. 토양 양분 축
   적 정도에 따라 조절해 준다.

은 잎 수가 11~13장이고 1차 분지(방아다리)에 첫 꽃이 맺었을 때가 알맞다. 시설하우스의 경우에는 노지보다 바로심기를 일찍 하게 되는데, 아직 밤 기온이 낮을 때여서 저온 피해를 당하지 않도록 관리해 주어야 한다.

4. 재배관리

고추는 고온성 채소이나 광포화점이 다른 열매채소보다 낮은 편으로 토마토나 오이 등에 비해 약한 광선에서도 잘 자라는 편이다. 오전 중의 햇빛을 받아야 좋다. 광합성으로 만들어지는 동화산물의 70~80%가 오전에 이루어진다고 한다. 고추의 뿌리는 주로 겉흙 부분에 분포하기 때문에 토양이 건조하면 수량이 낮아지고 여러 가지 생육장해를 일으킨다. 토양수분

을 적당히 유지해 주어야 잘 자라고 수확량을 올릴 수 있다. 고추는 건조와 과습에 약하므로 장마철의 배수 관리에 주의한다. 물주기 방법으로는 밭에 직접 하는 방법과 점적호스를 이용한 점적관수 방법이 있다. 물주기는 오전 중에 하고 흐린 날을 피한다. 가뭄 등 건조하면 진딧물 발생이 많아진다.

　1) 웃거름주기 : 밭에서 자라는 기간이 길기 때문에 3~4회로

나누어 퇴비 등으로 웃거름을 공급
해 줘서 영양부족을 방지한다.[13]
1차 거름은 바로심기 후 35~40일
경에 실시하고 이후 수차 공급한
다. 액비도 여러 번으로 나눠 준
다.

2) 유인 : 고추는 뿌리가 깊게
내리지 않아 열매가 달리면 무게를
못 이겨 쓰러지기 쉽다. 일정한 간
격마다 지주대를 세우고 유인줄로
지지해 주어야 한다. 방법에는 개별유인, 줄유인, V자유인, 그물
망 유인법이 있다.

3) 개화와 열매달림(결과) : 고추는 10~13마디 1차 분지(방
아다리)에 첫 꽃이 피면서 갈라지는 가지 사이에 잇달아 꽃이
핀다. 꽃은 오전 6시부터 10시 사이에 왕성하게 핀다. 꽃가루의
싹트기 및 신장온도는 품종에 따라 차이가 있지만 20~25℃이
고 15℃보다 낮거나 30℃보다 높은 고온에서는 잘 싹트지 못한
경우가 많다. 열매달림에는 바람, 진동이 도움이 된다. 양분, 수
분, 온도, 광 등을 관리하면 열매달림을 증대시킬 수 있다.

5. 영양 생리장애, 병충해

---

13) 친환경 무농약재배, 유기재배 경우는 비료를 소량 사용하거나 하지 않기 때문에
토양의 상태에 따라 화학비료 대신 퇴비와 유기물을 충분히 공급해준다.

(1) 영양장애 : 질소, 인산, 칼리, 칼슘, 고토(마그네슘), 황, 철, 붕소, 망간, 구리, 아연, 몰리브덴 등이 부족하거나 지나치면 장애가 발생한다.

(2) 생리장애

낙화, 낙과, 흑자색과, 부패과, 석과, 열과, 일소과, 기형과, 부정근 발생, 농도 장애

(3) 병충해

1) 병해

곰팡이 : 잘록병(立枯病), 역병, 탄저병, 시들음병, 균핵병, 흰가루병, 잿빛곰팡이병, 꼭지썩음병 등

세균 : 풋마름병, 무름병, 뿌리혹병, 궤양병, 반점세균병 등

바이러스병 : 칼라병(TSWV), 모자이크병, 원형반점병, 괴저반점병 등

2) 충해

차먼지응애, 점박이응애, 복숭아혹진딧물, 목화진딧물, 꽃노랑총채벌레, 대만총채벌레, 담배나방, 담배거세미나방, 파밤나방, 아메리카잎굴파리, 온실가루이, 뿌리혹선충병 등

6. 수확 및 건조

(1) 수확

수확은 아침에 한다. 노지 건고추의 색깔나기·성숙에는 개화 후 45~50일 정도 소요되며 7월 하순부터 7~10일 간격으로 수확한다. 하우스 풋고추는 꽃이 핀 후 15~20일 정도 지나 과실

재래종 수비초

비대가 완료된다. 토양 습도를 적당히 유지하여 비대를 촉진시키면서 병해충 방제를 철저히 한다. 포기당 수확량은 잘 키우면 약 100~200개로 크기가 큰 것은 30~40g, 작은 것은 15~18g 정도이다. 개화결실기의 한계는 중부지방은 8월 하순, 남부지방은 9월 초순으로 그 이전에 개화·열매달림 되어야 수확할 수 있다.

붉은 고추는 색이 진홍색을 띠고 표면에 잔주름이 생겼을 때 매운맛인 캡사이신 성분이 가장 많다. 80% 이상 붉어진 고추는 수확하여 나머지 고추의 숙기를 촉진시킨다. 수확기가 늦어지면 물러지고 탄저병균이 침투하여 수확 후 건조 과정에서 증상이 발생되어 수량이 감소한다. 탄저병 발생이 예상되는 열매는 착색되면 빠른 시간 내에 수확하도록 한다.

(2) 건조
잘 익은 열매를 수확하여 건조한다. 건조 방법은 천일건조(태양광), 비닐하우스 건조, 열풍 건조가 있다. 완전히 착색되지 않은 과실을 건조하면 희나리 발생이 많아진다. 2~3일 정도 후숙하여 착색시킨 다음 건조하도록 한다. 착색된 붉은 고추도 어둡고 서늘한 장소에 2~3일 정도 두었다 건조시키는 것이 좋다. 좋은 붉은 고추도 잘못 건조하면 색깔, 윤택, 형태가 나빠지고 맛도 떨어져 상품 가치가 떨어진다. 건조는 아주 중요한 과정이다. 건조기를 사용할 경우 건조에 필요

한 온도, 시간을 조절하여 맛과 붉은 색깔이 잘 나오게 한다.14) 건조한 고추는 차단성 비닐에 밀봉하여 저온에 보관한다. 국내산 건고추 수분 함량은 14~15%로 수분이 너무 적으면 바스러지고 수분이 많으면 곰팡이가 발생하거나 변질될 수 있다. 고추 가루로 빻을 때는 최소한의 공정으로 짧은 시간에 열의 발생이 적도록 처리하여 가공 중에 맛과 품질이 변하지 않게 하는 것이 중요하다.

---

14) 사람에 따라 조금씩 다를 수 있다. 일반적으로 알려진 방법은 초기온도 65℃에서 5~6시간 → 건조실 습기 제거 → 60℃ 7~8시간 → 55℃ 15 ~17시간. 또는 50℃ 정도에서 2일 건조 후 2~3일 햇볕에 말려 습기를 제거한다. 건조온도를 60도 이상에서 계속 건조하면 시간은 빠르나 고유 색소인 캡산틴이 파괴되어 검은색을 띠므로 유의한다. 반으로 잘라 60℃ 에서 건조하면 건조시간이 단축된다.

국화

　　　　　가을에 들어서니 여기저기 한창 꽃을 피어 올리는 국화과 식물이 눈에 든다. 가을에 꽃을 피우는 식물이 국화류만이 아닐테지만 이들을 빼놓고 가을을 이야기하는 것은 어울리지 않는다.

요사이 재배되고 국화는 품종 개발과 육종이 활발하여 종류가 아주 다양하다. 바르게 곧추서는 종, 다닥다닥 송이송이 모아 피는 종, 옆으로 기는 종 등 모양뿐만 아니라 꽃잎 색깔, 꽃봉오리 모양도 각양각색으로 눈을 즐겁게 한다.

또한 가을을 느끼게 해주는 국화로는 바로 들과 산에 무리지어 자라는 국화과 식물들이 있다. 쑥부쟁이, 벌개미취, 산국, 감국, 꼬들빼기, 개망초, 구절초…. 이들 야생 가을꽃들은 모양이 닮아있다. 그래서 비슷비슷해 보인다. 사람들은 모아 '들국화'라고 부른다. 어울리는

이름이다. 그러나 모두 구별된 자기 이름을 지니고 있다. 쑥부쟁이만 해도 여러 종들이 있다. 개쑥부쟁이, 가새쑥부쟁이, 미국쑥부쟁이, 단양쑥부쟁이, 한라쑥부쟁이, 까실쑥부쟁이, 섬쑥부쟁이 등. 쑥부쟁이, 산국, 구절초 등을 난 아직 몇 가지의 단순한 특징으로 짚어볼 뿐이다.

엉겅퀴, 지칭게 등은 그래도 꽃 모양이 눈에 띄게 달라서 구별이 어렵지 않다. 꽃 색깔, 잎 모양, 키 등으로 구별하지만 쑥부쟁이, 벌개미취, 구절초 등은 꽃 모양이 비슷하고 종류도 다양하여 구별이 쉽지 않다. 산국 감국은 꽃봉오리가 노란색이고, 산국은 감국보다 꽃도 작고 키도 작고, 쑥부쟁이, 개미취, 구절초는 얼른 보면 꽃의 암술과 수술이 모인 가운데는 노랗지만 꽃잎은 보라 진보라, 연보라로 색깔이 여러 가지다. 서로 비슷하여 잎 모양을 보는데 구절초는 잎이 쑥처럼 갈라져 있고 벌개미취는 잎이 길쭉하며 톱니가 있다.

가을에 산길, 둘레길에 핀 들국
화가 가을철 정취를 한층 높여준
다. 감기고 꼬이고 엉클어진 심사
를 진정시켜준다. 또 이들 국화과
식물들은 또 다른 용도가 있으니,
꽃, 잎 등을 차로 우려 마시고, 담
금술의 맛을 더해주고, 봄나물, 전
통 약초로도 쓰임새가 폭넓고 다
양하여 여러모로 생활을 도와주는
친근한 식물이다. 국화와 관련된
노래 하나 적는다. '흥타령'의 한
절이다.

아이고 대고 허허어 성화가 났네 헤
창밖에 국화를 심고
국화 밑에 술을 빚어 놓으니
술 익자 국화 피자 벗님 오자
달이 돋네
아희야 거문고 청 쳐라
밤새도록 놀아보리라
아이고 대고 허허어 성화가 났네
헤

근대

유럽 남부가 원산지로 명아주과 두해살이 식물이다. 더위와 고온에서도 생육이 잘되고 건조에도 강하여 한여름에도 재배가 쉽다. 15℃ 이상이면 언제든 파종할 수 있다. 서리, 추위에도 강하여 12월 초까지 수확이 가능하다.

근대의 씨앗에는 2~3개의 씨가 들어있고 10일 정도면 떡잎이 올라오고 3주면 잎이 2~4장으로 자란다. 파종 시기는 재배양식에 따라 달라지며 바로뿌리기와 육묘이식재배법이 있다. 재배형은 조생종을 2~3월에 파종하여 5월부터 수확에 들어가는 난지형 봄재배와, 4~5월에 파종하는 보통재배, 7월에 파종하는 여름재배, 9~10월에 파종하는 난지형 가을재배 등으로 분화되어 있다.

직파재배는 1~1.2m 간격의 평이랑을 만들어 줄 간격 30cm로 하여 2~3cm 간격으로 줄뿌림한다. 흙은 1cm 정도로 얇게 덮어준다. 성장하면 2~3회 정도 솎아주어 간격이 20cm 정도로 만들어준다. 육묘이식재배는 본잎이 3~4장 때 바로심기 한다. 근대는 어릴 때부터 식용이 가능하며 솎음수확, 밑에서부터 차례로 잎을 따는 잎수확, 포기 전체를 따는 포기수확이 있다.*

냉이

- 달콤한 흙내의 나물 -

　　십자화과 두해살이 식물로 유럽남부가 원산지이며 전국적으로 분포하며 서늘한 기후를 좋아하는 내한성 식물이다. 말냉이, 황새냉이, 논냉이, 미나리냉이, 나도냉이, 개갓냉이 등 유사종이 있다. 향기롭고 친숙한 봄나물로 지역에 따라 나시, 나생이, 나싱구, 나싱개, 나승개 등으로 불렸다.

　늦가을부터 싹을 틔워 겨울을 넘기고 이른 봄에 일찍 자란다.

뿌리는 흰색으로 10~ 50cm 정도 곧게 뻗는다. 5월 경부터 꽃이 피고 씨앗이 맺혀 떨어진다. 냉이는 생육량이 비교적 적고 생육 기간도 짧아서 많은 거름을 요  구하지 않기 때문에 밑거름만 주어도 된다. 웃거름은 겨울철에 하우스 시설재배를 할 경우에만 1회 정도 준다.

파종 시기는 9월이며 미세 씨앗이기 때문에 씨앗 양의 3~4배의 가는 모래를 섞어 뿌린다. 씨앗을 뿌린 후에는 광발아 식물이기 때문에 흙덮기를 하지 않고 가볍게 약간 눌러준다. 파종 후 씨앗이 빗물에 유실되지 않도록 짚을 얕게 바닥덮기하는 것이 좋다. 자라면 포기 사이가 3~4cm 되도록 솎아준다. 수확 시기는 9월 하순부터 다음 해 4월 초순까지다. 4월에 접어들면 맛과 향기가 떨어진다. 재배 시기가 추운 겨울을 끼고 있어 병해충의 피해가 적어 친환경 재배가 용이한 편이다. 냉이는 겨울을 지내 봄에 자라올라 은은한 향을 발산하는 봄나물로 무침, 된장국, 튀김, 녹즙, 담금주 등으로 이용된다.*

당귀

　　　　　산형과에 속하는 여러해살이 식물이며 뿌리, 잎에서 독특한 향기가 난다. 당귀를 먹으면 집을 떠난 자도 마땅히 돌아온다는 뜻이라고 이름을 해석하기도 한다. 주로 뿌리를 이용하는 약용식물인 참당귀와 봄에 잎을 쌈채소로 이용하는 잎당귀가 있다. 우리나라 원산의 당귀를 참당귀, 토당귀라 부르고 일본 당귀는 왜당귀, 일당귀라 부른다.

　토질은 물 빠짐이 좋은 식양토나 사양토가 적당하며 너무 비옥하지 않고 토심이 깊은 밭이 좋다. 초기에 퇴비의 양을 많이 주지 않는 것이 좋다.

　번식은 씨와 모종을 이용한다. 씨를 망에 담아 2~3일 흐르는 물에 담근 다음 2~3일 냉장하여 3월 중순~4월 상순에 파종한다. 씨를 이용하는 경우 발아율이 낮아 어려움을 겪는다. 모종 이용을 권한다. 씨를 뿌리고 흙을 얇게 혹은 덮지 않는다. 초기 생장이 더디어서 성장기에 잡초 관리를 잘 해주어야 한다. 모종을 이용하는 경우에는 1년생 모종을 30~50cm 간격으로 이식하여 이듬해 가을에 수확한다.

　육묘 재배는 2월경에 파종 상자에 밀식되지 않도록 산파한 후 얇게 흙덮기하고 그 위에 볏짚 또는 왕겨, 차광망 등으로 덮어주면 20일 정도 지나 싹이 튼다. 밀식을 피해 솎아준다. 60~90일 육묘하여 4월 상중순에 50~60cm 줄 간격으로 30cm 정도 간격으로 바로심기 한다. 참당귀보다 잎당귀는 조금 좁게 심어도 좋다. 골을 파고 모끝이 부러지거나 꼬이지 않게 약간 비스듬히

겨울을 지내고 힘차게 올라오는 당귀

뉘어 묘두가 보이지 않을 정도로 흙을 덮는다. 심고 볏짚이나 건초로 덮어주면 좋다.

봄에 심은 당귀는 가을에 수확이 가능하지만 일반적으로 이듬해 2년생을 수확하고 그해에 수확하더라도 작은 것은 이듬해 수확하는 것이 좋다. 당귀는 2년 차에 꽃대가 올라온다. 약초용은 꽃이 피기 전에 수확한다.

잎당귀는 쌈채소로 주로 이용한다. 당귀의 독특한 향이 나는 어린 잎과 줄기를 쌈으로 이용한다. 참당귀와 잎당귀의 재배방식은 유사하다. 예전에는 한약재용으로 참당귀의 뿌리 채취가 목적이었는데 쌈의 이용이 늘어 잎당귀 재배가 많아졌다.

병해에는 노균병, 균핵병 등이 있으며 잎에 강한 향기가 있어 해충이 잘 접근하지 않는 이점이 있다.*

당근

아프가니스탄이 원산지인 미나리과 식물로 서늘한 기후를 좋아하는 뿌리채소이다. 당근이라는 이름은 단맛이 있는 채소 뿌리라는 것으로 생각되는데 다른 이름으로는 홍당무라고 부른다. 생활과의 관계를 나타내는 말에는 "당근이지" 또는 "당근과 채찍"이 있다. 성장적온이 18~21℃이며 여름이나 28℃ 이상의 고온, -3℃ 이하에서 재배가 잘 안 된다. 밑거름과 웃거름을 충분히 주고 뿌리가 발육하기 좋게 땅을 조금 깊게 갈아준다.

봄 재배는 4~5월, 가을 재배는 7월 중순~8월 중순에 파종하고 햇볕에 노출되지 않도록 흙을 얕게 덮어준다. 줄 간격 20cm, 심는 간격 10cm 간격으로 3~4알 직파하고 물을 흠뻑 뿌려준다. 모종으로 심으면 뿌리가 갈라져 가랑이 당근이 생기는 현상이 있을 수 있다.

재배양식은 봄과 가을재배, 하우스재배, 터널재배, 월동재배 등 다양하다. 토양환경이 불량하면 뿌리갈라짐 현상이 발생하고 가뭄, 과습 등 수분의 급격한 변화로 정상적인 생육이 안되면 뿌리가 터지는 등 모양이 나빠진다.

싹이 나 자라면 몇 차례 솎아준다.15) 제 때에 수확하도록 한다. 봄 재배의 수확 시기는 6월 하순~7월 상중순 경이다. 일찍 수확하면 뿌리 비대가 부족하고 늦게 수확하면 갈라지거나 표면이 거칠어지며 외관이 나빠진다. 상부가 햇빛에 노출되면 붉어진다.

병해로는 무름병16), 검은잎마름병, 근부병 등이 있으며 충해로는 응애, 진딧물, 파밤나방, 선충 등이 발생한다.*

---

15) 당근의 솎음한 연한 줄기와 잎은 쌈이나 무침, 튀김으로 이용한다.
16) 석회가 부족하면 발생하기 쉽다. 당근은 토양산도 pH5.3~7.0 정도에서 잘 자란다.

대파

중국 서북부가 원산지이며 백합과 여러해살이 식물이다. 그냥 파라고도 부른다. 대파에는 칼슘·염분·비타민 등이 많이 들어있고 특이한 향과 맵고 따뜻한 성질이 있다. 생식하거나 각종 요리, 양념으로 쓰이며, 특히 고기와 생선의 좋지않은 냄새를 없애준다. 과습 토양에서는 잘 자라지 못하여 물 빠짐이 좋은 사양토가 좋다. 거름을 충분히 준다. 봄 재배와 가을 재배가 있다.17)

파종은 육묘 상자에 줄뿌림 하거나 128구 트레이를 이용하여 구멍에 4~5

---

17) 지역에 따라 차이가 있다. 보통 봄재배는 3~4월 파종. 5~6월 바로심기. 11월~이듬해 봄(중부지방은 11월말까지)에 수확한다. 가을재배는 8월 하순~9월 중순 파종. 10~11월 바로심기. 이듬해 5~9월에 수확한다. 가을재배용는 월동성이 강하고 저온기에 생육이 좋고 추대가 늦은 품종을 선택하는 것이 좋다.

알 넣어준다. 모 기르
는 기간이 약 40~50
일로 긴 편이어 우량
한 모를 구해 심는
것이 좋다. 바로심기
요령은 30~40cm 간
격으로 골을 만들고, 골에서 파낸 흙을 골 위쪽에 쌓아둔다. 모
를 골 아래쪽에 10cm 간격으로 3~4주씩 세우고 1~3cm 흙
덮기 해준다. 고온과 습기가 많으면 뿌리가 상하므로 주의하여
재배환경을 관리한다. 제초를 잘해야 한다. '딸은 콩밭, 며느리
는 파밭'이라는 속담이 있다.

파는 위의 녹색 부분보다 뿌리 쪽의 하얀 부분(연백)이 길어
야 상품성이 높다. 이를 위해서는 북주기가 효과적이며 3~4회
정도 실시하여 잎이 갈라지는 부분까지 흙을 올려 준다. 첫번째
북주기는 바로심기 30일 후, 두번째는 60일 후, 마지막은 수확
하기 약 1개월 전에 실시한다. 웃거름도 주어야 한다.

수확은 바로심기 후 40~50일이며 생육 정도, 연백 상태 등
을 보아 한다. 겨울에는 지상부 잎이 마르므로 얼기 전에 하거
나 다음해 봄 꽃피기 전에 한다. 병충해가 적은 편이며 병해충
으로는 노균병, 흑반병, 녹병, 고자리파리, 총채벌레, 굴파리, 파
밤나방 등이 있다.*

더덕

초롱꽃과의 여러해살이 덩굴식물이다. 뿌리를 식용, 약용으로 쓴다. 어린잎을 쌈이나 삶아서 나물로 먹기도 하며, 뿌리는 고추장 짱아찌, 구이, 전, 담금주 등에 이용한다. 반그늘을 좋아한다. 직파와 육묘이식재배가 가능하다. 토양은 뿌리가 직근성이므로 토심이 30~50cm 정도로 깊으며 부식질이 풍부하고 물빠짐이 잘되는 모래참흙이 좋다.

기온이 낮고 일교차가 큰 중남부지역이 재배에 유리하다. 더덕 씨앗은 싹트기가 잘 되지 않아서 휴면기간(채종 후 120일 정도)이 지난 다음 2~5℃ 저온에서 7일 이상 저온처리 한 후 파종한다. 암발아 씨앗에 속한다. 파종 때 씨앗이 작고 가벼우므로 씨앗량의 3~4배의 가는 모래를 섞어 뿌린다.

파종 시기는 중남부 평야지 3월 하순~4월 상순, 고랭지 4월 중순에 하는 봄 파종과 10월 하순~11월 하순(결빙 전)에 하는 가을 파종이 있다. 직파재배는 가을에 파종하는 것이 효율적이다. 요령은 60~90cm 두둑에 포기사이 15cm, 줄사이 30cm로 심는다. 한 구멍에 3~5알씩 점뿌림 하고 싹튼 후 본잎 3~5장, 초장 4~6cm 정도일 때 솎아준다.

바로심기는 모가 10Cm 이상 된 것으로 뿌리가 곧고 굵으며 잔뿌리가 절단되지 않은 것으로 뇌두 부분 직경이 7mm 이상이고 눈이 붙어있는 것을 바로 세워 심는다. 상처가 있거나 부러진 종근, 반점이 생겼거나 선충의 피해를 입은 종근을 심으면 정상적인 생육이 되지 않는다.

관리상으로는 덩굴이 올라갈 수 있게 지지대를 만들어 준다. 지지대는 높이 2m, 두둑 2m 간격으로 I자, T자, ∧자 모양으로 설치하고 줄이나 망을 씌워 덩굴을 유인해준다. 꽃이 피기 약 20일 전에는 순을 질러준다.

수확은 밭에 심은 후 2~3년 차 때 10월 중순 이후부터 시작하여 다음 해 봄에 싹 나오기 전까지 가능하다. 작은 뿌리는 다시 심어 1년간 더 재배한 후 수확한다. 씨앗 채취는 9월 말에 먼저 익은 씨앗부터 수확하여 2~3일간 후숙시킨 후 말려 잘 골라 보관한다.

병해로는 세균성 마름병, 탄저병, 점무늬병, 시들음병, 흰가루병 등이 장마철에 발생되기 시작하여 9월 중순까지 발생하며, 충해로는 진딧물, 응애, 선충류 등이 발생한다.*

도라지

　　　　　　초롱꽃과의 여러해살이 식물로 아프가니스
칸이 원산지다. 한자어로 길경(桔梗)·백약(白藥)으로 부른다. 볕
이 잘 들고 물 빠짐이 좋은 토양이 적합하다. 잔뿌리가 많기 때
문에 주로 직파재배 하며 육묘이식재배도 가능하다. 모종은 종
묘상이나 5일장에 가면 구할 수 있다. 파종은 3~4월에 한다.
10cm 간격으로 파종한다. 파종법은 미세씨앗 파종요령으로 씨
앗량의 3~4배의 톱밥이나 가는 모래흙을 섞어 뿌린다. 파종 후
얇게 흙덮기하고 볏짚이나 차광망을 덮고 물을 뿌려준다. 수분
이 충분하면 10일 정도 지나면 싹이 튼다.

　관리상으로는 김매기에 노력이 많이 든다. 초기에 제초에 주
의를 기울여 밭이 풀에 덮이지 않게 해주어야 한다. 솎아주기와
꽃대 자르기가 필요하다. 여름에 흰색이나 보라색의 꽃이 핀다.

　2년 차에 굵기 2cm, 길이 20~30cm 정도면 나물용으로 수
확한다. 약용으로 쓸 때는 3년 이상 재배하여 가을에 지상부가
말라 죽은 후 또는 다음 해 봄에 수확한다. 물 빠짐이 나쁘거나
지나치게 많이 거름을 주거나, 겨울에 동해를 입으면 썩음병 등
의 병 발생이 많아진다.*

들깨

        동남아시아, 인도가 원산지인 꿀풀과 한해살이 식물이다. 잎에서 정유 향이 난다. 원래 기름을 추출하는 유료작물에서 쌈채소로 유명해졌다. 잎이 쌈, 깻잎부각 등으로 이용되고, 음식의 비린내를 잡아주며 씨앗도 매운탕, 추어탕에 빠질 수 없는 재료다. 깨를 짜서 추출한 들기름에는 불포화지방산이 많아서 혈중 콜레스테롤을 저하시키고 항암 효과, 당뇨병 예방, 시력 향상, 알레르기 질환 예방 등에 좋다고 알려져 있다.

    직파와 육묘재배가 가능하다. 육묘재배는 묘상을 만들어 12×10cm 간격으로 점뿌림하여 30일 정도 길러 밭에 25~30cm 간격으로 바로심기 한다.

    들깨재배는 잎 생산과 씨앗 생산, 겸용 생산의 3가지 유형이 있다. 씨앗생산을 위한 파종 시기는 5월 하순(중부), 6월 중순

(남부)까지이며 일반적으로 5월 말이 제때다. 최근에는 들깻잎 수확을 목적으로 하는 잎들깨 재배가 많아졌다.[18] 잎을 따기 위한 일반재배는 4월 중하순에 파종하여 5월 중순에 바로심기하여 7월이면 잎을 따기 시작한다. 잎 생산을 위한 재배라도 개화기인 9월 하순까지 잎을 수확하고 후기에는 씨앗을 수확하는 것이 일반적이다. 9월경 꽃이 핀다. 2기작 뒷 작물로 들깨를 재배할 경우 엽실 겸용 생산을 위한 직파 한계기는 6월30일 경이다. 웃거름은 3주 간격으로 3회 정도 준다.

잎 수확은 파종 후 봄에는 40~50일, 여름에는 40일이면 가능하다. 수확 주기는 여름철 3~5일. 겨울철은 15~20일 간격으로 하고, 1주당 1회 수확 시 1마디에서 2장 정도 수확하도록 한다. 6장씩 양쪽으로 포개어 12장이 1속으로 1상자는 100속이다. 씨앗 수확은 잎이 누렇게 변할 때 하며 베어낸 들깨는 양지바른 곳에 일주일 정도 말린 다음 두드려 털어 햇볕에 널어 말린다. 들깨는 병충의 피해가 적고 생명력이 강한 편이어 상대적으로 재배가 쉬운 작물에 속한다.*

---

18) 시설하우스에서 재배한 들깻잎이 사철 공급되고 있다. 촉성재배는 남부지방에서 8월 중순~9월 초순 파종하여 10월 상순부터 다음해 5월까지 수확하고, 반촉성재배는 중부지방에서 1월 중순~2월 초순에 2중 하우스 내에 파종하여 11월 중순까지 수확하는 재배양식이 이루어지고 있다.

땅콩

　　　　　남아메리카 브라질이 원산지로 콩과에 속하는 열매채소다. 우리나라에는 1780년(정조4)경 도입되었다. 꽃이 떨어진 땅속에서 열매를 맺는다고 하여 한자어로 낙화생(落花生)·낙화송(落花松)·낙화삼(落花蔘)·지두(地豆)라고 부른다.

　　땅콩은 지질 45%, 단백질 30% 이상을 함유하고 있으며 비타민 B1·B2도 들어있어서 영양이 풍부한 식품이다. 주로 열매를 볶아서 먹고, 엿강정과 같이 과자를 만들거나, 땅콩죽처럼 환자의 보양 음식으로도 이용한다.

　　열대 및 아열대의 고온 건조한 지역이 재배에 적합하다. 우리

땅콩 꽃

나라에서는 중부이남 지역이 재배에 적당하다. 물 빠짐이 좋은 모래흙 토양이 재배에 유리하다. 땅콩은 이어짓기하면 땅가림(기지) 현상이 나타나기 때문에 1~2년 정도의 윤작이 필요하다. 땅콩은 열대성 작물로서 생육 기간(20℃ 이상)이 6월~9월의 120일 필요하다.

씨앗은 파종 전에 소독을 하고 하루 정도 물에 담가 싹을 틔워 심는 것이 좋다. 싹트는 기간이 단축되어 생육 기간이 길어지고 씨앗이 절감되며 씨앗 부패를 방지할 수 있다. 방법은 물에 담가 충분히 수분을 흡수시키고 건져서 물기를 말린 다음 따뜻한 곳에 왕겨나 모래를 깔고 씨앗을 얇게 편 다음 그 위에 다시 모래나 왕겨를 덮고서 2~3일간 젖은 채로 보관하면 하얀색의 어린뿌리가 나온다. 싹틔우기 정도는 5mm 이상이 되지 않아야 손상이 없다. 알맞은 파종 시기는 남부지방이 4월 하순에서 5월 상순, 중부지방이 5월 상순이다. 땅콩재배는 주로 포트나 50공 트레이에서 본잎이 2~3장 될 때까지 육묘하여 옮겨 심는다.

밭 만들기는 밑거름으로 석회를 주고 폭 70cm 정도의 이랑을 만들고, 2줄로 간격 40x25㎝, 3cm 정도의 깊이로 한구멍에 2~3알씩 심는다.

땅콩은 노란 꽃이 피어 수정이 되면 씨방의 밑 부분이 길게 자란 씨방자루(자방병,子房柄)가 아래로 자라 땅속 4~5cm에서 꼬투리가 달린다. 따라서 땅콩 열매가 잘 달리게 하려면 흙을 부드럽게 해주고 북을 잘 주어야 한다. 씨방자루가 땅 밑으로 들어간 후 약 4주 동안이 수확에 영향이 크므로 웃거름과 토양 수분도 알맞게 관리한다. 9월 말이나 10월에 잎이 변색되는 때가 수확 시기다. 개화 후 100일 정도 걸리며 서리 내리기 전이다. 줄기째 뽑아 그늘에 1주일 정도 말린 후 떼어내어 보관한다.*

- **풋땅콩 재배**

땅콩은 일찍 수확해 쪄 먹는 풋땅콩과 수확 후 말려서 종실을 이용하는 종실 땅콩으로 구분된다. 종실 땅콩이 꽃이 핀 후 100일경에 수확하는 것에 비해 풋땅콩은 20일 이상 일찍 수확이 가능하다. 짧아진 기간을 이용하여 마늘, 보리, 무 등 다른 작물과 작부체계를 조합하여 재배할 수 있다.

·	풋 땅콩	종실 땅콩
파종시기	4월 20일	4월 말
파종간격	40×20cm	40×25cm
수확 시기	개화 후 80일	개화 후 100일

마늘

겨울을 넘긴 마늘의 성장 모습

10월의 가을 농사로는 마늘 농사만한 것이 없다. 1인당 소비량이 많은 한민족이 애호하는 작물이다. 중앙아시아 지역이 원산지로 백합과 식물이며 월동작물이다. 세계적으로 재배역사가 오래되었다. 〈삼국유사〉의 '단군신화'에 웅녀와 단군 왕검의 만남의 과정에도 등장한다. 재배상 단점이라면 증식율이 낮고 씨마늘 비용이 많이 들어간다.

저온(18~20℃)을 좋아하는 작물이다. 마늘은 일정한 저온 기간(5~10℃에서 30~40일)을 경과해야 마늘쪽이 분화한다. 마늘재배에서 가장 중요한 일은 병이나 상처가 없고 발근 부위가 좋은 씨마늘을 사용하는 것이다. 서산,단양,의성 등 지역이름의 마늘과 토종마늘인 단영, 국내육성 보급품종인 홍산마늘 등이 있다. 마을 씨가 너무 작으면 생육이 저조하고 크면 쪽수가 적고 벌마늘이 발생한다. 필요 씨앗량은 300평 당 60~80접이며 6쪽 마늘의 경우 1접이면 500~550개의 씨마늘을 준비할 수 있다. 부패율이 10~20% 발생하기 때문에 종자소독을 한다.[19] 재배방법은 마늘 인편과 주아를 이용하는 재배법이 있다. 주아는 마늘 쫑대의 총포를 5~6월 경 채취하여 말려 파종하여 생산한다. 주아재배는 주아를 다시 심어 통마늘을 생산하는 방법으로 종자값을 절약할 수 있다. 산성 땅은 퇴비와 석회를 뿌려 조정한다.

파종 시기는 중부 지방은 10월 중하순, 남부지방은 9월 중순 ~10월 상순 경이며, 난지형은 9월 중하순, 한지형 10월 하순 경으로 차이가 있으므로 시기를 잘 맞추어준다. 파종이 이르면 기온이 높고 시기가 길어서 부패가 발생하고 늦으면 뿌리 내리는 기간이 짧아 건조와 추위의 피해가 발생한다. 심는 거리는 20×15cm 또는 30×10cm 정도로 하여 골을 6~7cm로 파고 4~5cm 흙덮기 해준다.

관리상으로는 땅이 얼기 전 11월 중하순에 짚이나 투명 비닐로 보온을 해주면 수량증대 효과가 있다. 마늘은 12시간 이상 장일 조건에서 구비대가 촉진된다. 마늘은 뿌리 바로 윗쪽 인경[20]이 비대하여 마늘통을 이룬다. 마늘쫑은 주아 재배가 목적인 경우에는 쫑이 나온 후 약 20일 후 길게 잘라 엮어 건조하

---

19) 친환경 방법은 황토유황, 석회유황, 목초액, 현미식초 등을 이용하여 희석액에 하루 전 1시간 정도 담궜다가 그늘에서 말린 후 심는다.
20) 인경(鱗莖,비늘줄기) : 양파, 백합, 마늘, 부추처럼 땅속에서 부푼 줄기를 비늘줄기 또는 인경이라고 한다. 비늘줄기는 줄기가 비늘처럼 변해 여러 개의 작은 비늘잎이 서로를 감싸듯이 싸안아 전체적으로 공 모양이다.

고, 아닌 경우는 나오는 대로
뽑아 제거한다. 싹이 나서 벌어
지는 벌마늘은 이른 파종, 모래
땅, 지나친 웃거름, 지나친 관
수, 주아를 일찍 제거할 때, 겨
울 온난 등의 경우 많이 발생
한다.

수확 시기는 5월 하순~6월로 잎과 줄기가 반 정도 누렇게
변할 때다. 시기가 늦으면 저장성이 떨어지고 열과와 부패과가
발생한다. 수확한 마늘은 망사에 담아 통풍이 잘 되는 곳에 건
조하거나 냉장 보관한다. 잘 말리지 않으면 곰팡이가 생길 수
있다. 병충해로는 탄저병, 노균병, 잎마름병, 무름병, 바이러스
병, 고자리파리, 뿌리응애, 선충 등이 있으며 저장 시에 썩음병,
균핵병 등이 발생한다.*

■ 마늘은 세계 10대 장수식품 중의 하나다.21) 마늘이 함유한 알라신
성분은 면역력 증진, 피로회복, 콜레스테롤 저하, 노화지연, 세포활성
화, 고혈압과 뇌중풍 예방 등에 효과가 있다고 알려져 있다. 한 번에
많이 먹으면 좋지 않다. 삶아 먹으면 좋다고 하며 전기밥솥을 이용하
여 흑마늘로도 만들어 애용한다.
■ 잎마늘 재배는 8월 하순~9월 상순에 씨 뿌려 12월 하순~5월 상
순에 수확한다.

---

21) 세계 10대 장수식품(WHO) : 마늘, 토마토, 시금치, 브로콜리, 귀리, 머루,
   녹차, 적포도주, 견과류, 연어.

머위

초롱꽃목 국화과 식물이다. 머위는 지역에 따라 '머우', '머구', '머굿대' 라고 부른다. 심어두면 매년 수확할 수 있는 여러해살이 식물이고, 약간 그늘진 마당 주변이나 울타리 밑, 자투리 땅에 심을 수 있고 재배가 쉬워 심어두면 봄에 유용한 식재료로 활용할 수 있다. 머위는 고온이나 강한 햇빛을 차단해 주어야 생육이 좋으며, 아주심기 하고 2년 후부터 수확하는 것이 개체수 늘리기에 유리하다.

번식은 씨앗으로도 가능하지만 주로 포기나누기로 한다. 봄(4~5월)이나 가을(8~9월)에 2년생 이상의 머위 뿌리를 2~3마디(15~20㎝) 길이로 잘라 약 50㎝ 간격으로 3cm 정도 깊이로 심어 번식시킨다. 되도록 뿌리에 상처가 나지 않게 취급한다. 채취한 뿌리를 바로 심어도 되고 보관했다가 심어도 된다. 나중에 심을 때는 뿌리가 마르지 않도록 관리해 준다. 머위는 겨울 지나 이른 봄 2월 말~3월이 되면 먼저 꽃망울이 올라와 꽃이 핀다. 암수 딴그루로 자라고 흰색의 암그루의 꽃이 먼저 올라온다. 수꽃은 연노랑색이다.

뿌리를 잘라 트레이에 심어 육묘하여 심는 방법도 있다. 충남

농업기술원 안정호 연구사가 2015년 '뿌리 절단 싹 유도법'을 개발하여 발표했다. 머위 뿌리를 6㎝로 절단하여 32구 플러그 트레이에 삽목 후 30~60일 정도 육묘해 포장에 아주심기를 하는 방법이다. 육묘 시에는 묘가 마르지 않도록 하루 1~2회 관수를 하고 온도를 20~23℃의 적정온도로 유지시키며 온도가 26℃ 이상이 되면 고사하므로 20~30% 정도 차광을 해준다.

머위꽃

머위는 쌉쌀하면서 떫은 쓴맛이 있어서 데친 후 찬물에 맛을 우려내 식용한다. 다른 식재료에서 찾을 수 없는 머위만의 특유한 맛과 향이 있다. 꽃, 잎, 줄기, 뿌리 모두를 이용할 수 있다. 연한 잎과 줄기는 삶아서 쌈, 무침, 나물, 짱아찌, 탕, 국거리 등으로 이용하며 줄기는 껍질을 벗긴 후 이용한다. 이른 봄에 올라오는 꽃대에 매달린 봉오리와 어린 꽃은 짱아찌와 조림, 튀김으로 이용한다. 머위 뿌리는 한의학에서 한약재(봉두채,蜂斗菜)로 쓰인다. 거담, 진해, 해독, 인후염, 편도선염 등에 효과가 있다고 한다. 머위는 칼슘, 비타민 등 영양성분도 고루 갖춘 해독작용이 뛰어난 식물이다.*

무

　　　　　　십자화과 식물로 서늘한 기후를 좋아한다. 생육적온은 20℃ 전후이다. 김치, 깍두기, 무말랭이, 짱아치, 단무지, 시레기, 무즙 등으로 이용이 다양하다. 일반적으로 봄과 가을에 재배할 수 있다. 파종 시기는 봄무와 알타리무, 적환무(20일무) 4월, 소형무 5월, 열무 5~7월, 가을무 8월이다. 밭은 골이랑으로 재배하는 경우가 일반적이나 알타리무와 열무는 90~120cm 평이랑을 만들어 3~4줄 재배한다. 소형무, 알타리무는 점뿌림, 열무는 줄뿌림 한다. 봄무, 소형무, 알타리무는 6월에 수확한다. 열무는 5월 파종은 6월 수확, 7월 파종은 8월에 수확이 가능하다. 가을 무로는 김장용으로 재배하는 무가 대표적이다.

가을에 김장을 담그는 가을무는 토심이 깊고 보수력이 있고 물 빠짐이 좋은 사질 양토가 알맞다. 사질 양토에서는 뿌리 발육이 빠르고 왕성하며 외관이 매끈하나 내한성, 내서성이 약해진다. 점질토양에서는 내한성, 내서성, 저장성이 강해지나 뿌리 발육이 지연된다. 토양산도는 pH 5.5~6.8 정도가 적당하다.

파종 방법은 바로뿌리기가 좋다. 3~4시간 물에 담갔다가 뿌리기도 한다. 점뿌림으로 2~3cm 깊이로 2~3알씩 넣고 이랑 간격은 75cm, 재배 간격은 25~30cm가 적당하다. 파종 후 4~7일이면 싹 튼다. 본잎이 2장 정도 피었을 때부터 본잎이 7장일 때까지 솎음을 하여 우량한 개체를 재배한다.

파종 후 토양수분이 부족하면 초기 생육이 불량해지고, 재배 기간 중에 건습이 심하게 반복되면 뿌리가 갈라지는 현상이 일어나므로 수분 공급에 신경 써야 한다. 과습한 조건에서는 잘록병이나 해충의 피해가 발생한다. 일조량이 부족하면 광합성량이

적어져서 뿌리 자람이 억제된다. 특히 파종 30~50일 이후에는
뿌리 비대가 빨리 진행되므로 이 시기의 일조량 부족은 뿌리 발
육에 영향을 미치고 병 발생도 많아진다. 관리상으로는 동상해
를 피해 제때 수확하는 것이 중요하다. 늦으면 동해로 바람이
들기 쉽다.

심한 붕소결핍은 내부에 동공이 발생하고 불균일한 수분 공급
은 열근을, 거친 땅과 해충은 기형근을 발생시켜 상품성을 떨어
뜨린다. 관련 병은 검은뿌리썩음병, 모자이크병 등이 있으며 관
련 해충은 벼룩잎벌레, 무잎벌레, 좀나방, 진딧물 등이 있다.*

민들레

　　　　　우리나라가 원산지로 국화과 여러해살이
식물이다. 한자어로 포공영(蒲公英). 지정(地丁), 포공정(蒲公丁),
구유초(狗乳草)라고 부른다. 전국적으로 양지바른 산과 들에 분
포한다. 4월~6월에 꽃이 피며 씨에는 7~8월에 하얀 깃털(관
모)이 달린다.

　종류는 국내서 자생하는 민들레와 외래종이 있다. 토종민들레
는 드물고 번식도 어렵다. 토종과 서양 민들레를 쉽게 구분하는
방법은 꽃받침으로 한다. 꽃받침이 서양민들레는 아래로 쳐져
있고 토종은 봉오리를 감싼 모습이다. 증식은 뿌리와 씨로 가능
하다. 과정은 다음과 같다.22)

1. 씨앗을 저온처리 하기 위해 물에 불린 후 물기를 말려 냉동실에 약 4시간 보관하거나 2주 정도 냉장 보관한다.

3. 스티로폼 상자나 트레이(128구)에 파종한다. 씨앗이 작기 때문에 모래 흙을 섞어 뿌린다. 광발아 씨앗이므로 차광하거나 흙을 덮지 않는다.

4. 물을 충분히 주고 적당한 습도를 유지해주면 10~15일 정도면 싹튼다.

5. 본잎이 3~4장 나오면 본 밭에 20×15~20cm 간격으로 옮겨 심는다.

민들레는 약간 쓴맛이 난다. 꽃 피기 전 어린잎은 생으로 혹은 데쳐서 쌈, 나물, 국 등 식용으로 이용한다. 잎, 뿌리, 꽃 어느 것 하나 버릴 게 없어서 차, 김치, 생즙, 발효액, 약용 등으로 애용된다.*

---

22) 흰민들레 재배는 싹 틔우기에 오래 걸리고 발아율도 낮다. 발아 시키기가 중요한 과정으로 여기에 적은 내용도 참고용이다.

밀

벼과에 속하며 쌀과 함께 세계 2대 식량 작물이다. 소맥(小麥)이라고 한다. 기원전 1만~1만5천 년 경에 재배되기 시작한 오래된 작물 중 하나다.23) 아프가니스탄, 서아시아 중동지역이 원산지이며 주로 온대 지방의 서늘하고 건조한 기후에서 잘 자란다. 최저온도는 0~2℃, 생육 최적온도는 25~30℃ 이다.

석기시대에 이미 유럽과 중국에서 널리 재배하였고, 한반도 지역에서도 밀의 재배역사는 매우 길다. 평안남도 대동군 미림리에서 발견된 밀 BC 200~100년경의 것으로 추정되며, 경주의 반월성지, 부여의 부소산 백제 군량 창고의 유적에서도 밀이 발견되었다. 수분과 양분의 흡수력이 강하여 가뭄이나 척박토에도 잘

우리밀 씨앗

---

23) 앉은뱅이밀은 티벳이 원산지로 1만년 경부터 재배되기 시작했다고 한다.

자란다.

지금은 1983년 밀 수매가 중단되면서 재배가 줄어들어 식용과 사료를 수입에 의존하고 있다. '우리밀 살리기'로 가까스로 자급율 1%를 지켜내고 있다. 씨앗은 그해 수확한 것 중에서 충분히 여물고 잘 건조하여 알이 충실하고 윤기 나는 것을 고르고, 제면·제빵·제과·공업용 등 재배 용도와 지역의 기후를 고려해 알맞은 품종을 선택한다. 좋은 씨앗 가리기는 염수선 방법으로 하는데 소금물의 비중이 1.2~1.22인 용액으로 선별한다.

밭이랑은 씨앗 뿌리기 1~2일 전에 흙을 부드럽게 부셔주는 것이 좋다. 이랑의 폭은 40cm 정도로 하고 씨앗은 골에 뿌리며 (20~30평에 1kg 정도) 두둑의 흙으로 덮어준다.

파종 시기는 남부지방 10월 하순, 중부지방 10월 중순, 중북부지방은 9월 하순, 제주도 11월 상순이다. 파종 시기는 월동율이 높은 시기에 해야 유효분얼 수가 많아져 수량이 증대되고 성숙도 촉진된다. 알맞은 때에 씨를 뿌려 잎이 5~7장 자라 월동하면 뿌리가 발달하여 영하의 추위에도 동해를 입지 않는다. 너무 이르거나 늦으면 동사하는 경우도 있다. 물 빠짐이 나쁠 때에도 동사의 위험이 있다. 흩어뿌림 또는 줄뿌림으로 뿌리고 7~10일이면 싹이 나온다. 깊이는 2~3cm 정도가 적당하다.

관리상으로는 밀밭밟기가 있다. 2월 말~3월 초 언 땅이 풀릴 무렵 땅이 부풀면 밀이 뿌리째 뜨게 되는데 밟아주기로 뿌리의 활착이 잘 되게 해주는 일이다. 흙덮기와 웃거름 주기를 함께 해도 좋다. 수확 시기는 5월 말~6월 초순이다. 수확한 밀은 통밀이나 가루로 빻아 다양한 식재료로 이용된다. 밀가루는 단백질과 글루텐 함유량에 따라 강력, 박력, 중력 밀가루로 구분된다.

■ 강력 밀가루는 단백질과 글루텐(11~13%) 함량이 높고 조직이 단단하다. 반죽하면 끈기가 강하며 주로 빵을 만드는 데 이용한다. 박력 밀가루는 글루텐이 7~9%로 낮고 케이크, 튀김 등에 이용하고 중력 밀가루는 중간 정도의 함량으로 국수, 라면, 만두피 등에 이용된다.

■ 엿기름 : 밀을 물에 하루 정도 불린다. 건져 놓아두면 뿌리가 발생한다. 하루 2~3번 찬물로 세척하면 싹이 나온다. 싹이 1cm 정도 되면 햇볕에 말린 후 빻는다.

바질(Basil)

열대 아시아가 원산지로 알려진 꿀풀과 한해살이 식물이다. 바질은 로열(royal)을 뜻하는 그리스어 바질리코스(basilikos)에서 유래된 말로 왕의 허브(king's herbs)라는 뜻이다. 관상용, 차, 향신료, 목욕제, 공예용 등 다양한 용도로 잎, 줄기, 씨앗, 오일을 이용한다. 향을 요리에 폭넓게 사용할 수 있어 인기 있는 허브 식물이다. 올리브 오일이나 식초에 잎을 절여 향기를 베이게 하고 닭고기, 어패류, 채소와 샐러드, 스파게티, 피자파이, 스프, 소스 등의 요리에 널리 쓰인다. 머리를 맑게 하며 두통의 진통에 좋고, 구내염, 편도염에 효과가 있으며 신장염, 이뇨제로 이용되는 것으로 알려져 있다. 비타민 C와 K, 철, 칼슘, 칼륨이 풍부하다.

바질은 따뜻하고 온화한 기후에서 잘 자란다. 햇볕 들고 바람이 잘 통하며 물 빠짐이 좋고 보수력이 있는 비옥한 땅이 좋다. 베란다 같은 장소에서도 잘 자란다. 번식은 씨뿌리기, 꺾꽂이, 포기나누기로 할 수 있다. 파종은 4월 말~5월에 하며 1~2주일이면 싹튼다. 본잎이 4~6장 될 때까지 1~2대씩 솎아주고 햇빛을 충분히 받게 해준다. 꺾꽂이도 잘 되어서 쉽게 번식이 가능하다.

줄기를 5cm 길이로 잘라 잎순을 남기고 아래 잎을 딴 다음 물 올림한 후 모래 많은 흙에 꽂고 햇빛을 가려주면 2~3일 지나 순이 나오고 뿌리가 내린다.

관리상으로는 어느 정도 자라면 순을 쳐서 곁가지가 많이 나도록 해준다. 생육 기간 여러 번 수확할 수 있다. 수확하면서 1달에 한 번 정도로 웃거름을 준다. 꽃을 따주면 수확기를 늘릴 수 있다. 수확한 잎과 줄기는 바람이 통하는 그늘에 말려 보관하여 요리와 차로 이용한다. 종류는 스위트바질, 오팔바질, 다크오팔바질, 부시바질, 홀리바질 등이 있다.*

바질을 이용한 소스(페스토) 만들기

페스토(pesto)는 주로 이탈리아 리구리아 주 제노바(Genoa)에서 자라는 바질을 빻아 올리브오일, 치즈, 잣 등과 함께 갈아 만든 전통 소스다. 이탈리아 요리의 대표적 소스의 하나이다. 생선, 육류,

파스타, 빵, 피자 요리 등에 향을 내고 식감을 높여주고 색깔로 조화롭게 해준다. 지역에 따라 첨가하는 재료에 따라 몇 가지 종류로 구분된다.

· 페스토 알라 제노베제(pesto alla Genovese) : 제노바의 오리지널 페스토이며 바질, 마늘, 치즈, 잣, 올리브오일, 소금으로 만든다.

· 페스토 알라 시칠리아나(pesto alla Siciliana) : 시칠리아의 페스토로 페스토 로쏘(pesto rosso, red pasto)라고도 부르며 토마토를 넣어 색이 붉다. 잣 대신 아몬드가 들어간다.

· 페스토 알라 칼라브레제(pesto alla Calabrese) : 칼라브리아의 페스토로 홍고추, 토마토, 코티지 치즈가 들어간다.

· 피스토(pistou) : 프랑스 프로방스 지방의 페스토로 바질, 마늘, 올리브오일로 만든다.

주재료 : 생바질 100g, 올리브오일 1컵, 잣 1줌, 마늘 3~4쪽, 파르메산 치즈가루 2큰술, 소금•후추 약간

1. 바질 잎을 깨끗하게 씻은 다음 물기를 제거한다. 절구에 바질 잎을 넣어 찧는다. 올리브 오일을 약간 넣고 다시 찧는다.

2. 잣을 기름을 두르지 않은 프라이팬으로 살짝 볶는다.

3. 절구에 바질, 잣, 마늘, 파르메산 치즈가루, 올리브오일을 넣고 간다. 올리브오일은 2~3번에 나누어 넣는다.

4. 소독한 유리병에 만들어진 바질 페스토를 담고 위에 올리브오일을 얇게 부어 공기와의 접촉을 차단하여 보관한다. 밀봉하여 냉장 보관하면 일주일 정도 보관할 수 있다. 먹을 때 입맛에 맞게 소금이나 후추로 간을 해준다.

배추

십자화과 식물로 중국이 원산지다. 서늘한 기후를 좋아한다. 한국인의 대표적 발효음식인 김치의 식재료로써 전국적으로 재배한다. 특히 영월, 정선 등 강원도 고랭지배추가 6월~9월에 출하되고 전남 해남지역 등의 월동배추가 2월 말 무렵까지, 다시 봄에는 시설을 이용해 재배한 봄배추(얼갈이, 엇갈이,봄동)가 5월 말 무렵이면 수확하고, 가을에는 김장배추가 나오면서 배추는 봄, 여름, 가을 할 것 없이 재배가 이루어지고 있다.

날씨와 작황에 따라 해마다 재배면적과 생산량, 가격의 등락이 심한 작목이기도 하다. 배추는 보통 1망(3포기,약10kg)을 단위로 하여 시장에 나오고 있는데 1망 당 수천 원부터 1~2만원 사이로 움직이며 생산비도 못 건져 밭을 갈아엎고 폐기하는 폭락과, 날씨 탓으로 수확이 줄어 가격이 오르며 금치로 불리는 폭등을 오가며 파동을 반복하는 작물이기도 하다.

배추 씨앗은 여러 품종이 시판되고 있다. 품종에 따라 특성의 차이가 심하여 재배 시기, 재배 지역의 기후조건, 병해충 저항성, 토양조건, 시장성을 고려하여 선택한다. 배추는 크게 결구24), 반결구, 비결구 품종으로 구분된다. 지금은 대부분 배추 속이 차는 결구형을 주로 재배하며 조선, 개

재래종 구억배추

성배추 같은 예전의 비결구 배추를 찾아보기 힘들게 되었다.

김장용 배추의 파종은 직파와 육묘가 가능하나 최근에는 육묘재배가 일반적이다. 육묘기간은 약 25일이다. 파종 시기는 가을 재배인 경우 8월 상중순에 씨뿌려 모기르기 하여 8월 하순~9

---

24) 배추의 경우처럼 잎이 여러 겹으로 겹치며 둥글게 속이 차는 것을 말한다.

월 초순 바로심기 하여 11월 말 수확하는 것이 일반적이다. 남부해안 지방의 경우에는 9월 상순 씨뿌려 12월 중순에 수확한다. 재배상 유의점은 일찍 파종하면 바이러스병 및 뿌리마름병이 발생할 수 있으므로 때 맞춰 뿌리도록 하고 늦으면 수확기에 동해를 입을 수 있으므로 주의한다.

바로심기 할 밭은 밑거름을 살포한 다음 흙갈이 한 후 이랑을 만든다. 배추는 양분을 많이 필요로 한다. 산도가 낮으면 무사마귀병과 석회 결핍증이 발생할 수 있다. 석회 10a당 석회 80~120㎏를 사용하고 붕소 결핍증이 흔히 나타나므로 붕사 1~1.5㎏을 뿌려준다. 배추는 초기 생육이 왕성해야 후기 결구가 좋다. 밑거름과 웃거름으로 퇴비, 닭똥 등의 유기질 비료를 충분히 준다. 사질토나 여름 장마, 태풍에 양분 유실이 많을 경우에는 웃거름으로 보충한다.

직파할 경우는 골이랑에 35~45㎝ 간격으로 6~8mm 깊이로 씨를 뿌려 본잎이 5~6장이 될 때까지 2~3회 정도 솎아준다. 육묘는 72~128구 트레이에 씨 뿌려 건강한 모를 길러 옮겨심게 된다. 싹트기에 알맞은 온도는 20~25℃이며, 모 기르는 기간은 일반적으로 20~25일 정도이다. 바로심기 할 모의 크기는 본잎이 3~4장 때가 적당하다. 웃거름은 액비로 준다. 2~3일

가람배추꽃

전에 온도를 낮춰 순화시켜 바로심기 한다. 심는 간격은 조생종 60×35cm, 중생종과 만생종은 60×45cm 정도로 한다. 가을 재배에서는 고온기에 바로심기를 하므로 흐린 날 오후에 바로심기 하는 것이 모의 활착에 좋다. 배추는 자라는 기간이 90~100일 정도 걸리는 작물로 초기의 밑거름만으로 영양이 부족하다. 특히 속이 차기 시작하는 시기에 웃거름을 공급하고 3주 정도 간격으로 3~4회 준다.

병해로는 뿌리혹병, 노균병, 무름병, 검은무늬병 등이 있으며 벼룩잎벌레, 배추좀나방, 배추흰나비, 진딧물, 파밤나방, 도둑나방 등의 피해가 많다. 특히 뿌리혹병의 피해가 심하다. 내병성과 저항성이 있는 품종을 선택하는 것도 좋은 방법이다.*

보리

벼과에 속하는 식량작물로 가을보리, 봄보리가 있다. 겉보리, 쌀보리, 맥주보리, 총체보리 등이 재배된다. 물빠짐이 잘 되는 밭이어야 습해, 동해를 예방할 수 있다. 산성에 약하다. 우량 씨앗을 선별해 소독한다. 소독방법은 '냉온탕침종법'으로 냉수에 6~7시간, 50℃ 물에 2분, 53℃에 5분 담근 후 냉수에 식혀 그늘에 말려준다. 깜부기병, 줄무늬병 등 방제에 효과가 있다.

가을보리 파종 시기는 중부지방은 10월 중순이다.[25] 300평에 15kg 정도로 뿌리고 흙은 1~3cm 정도로 얕게 덮어준다. 파종 후 10일 이내

---

25) 보리 파종적기: 북부지방(수원,대전,영주,강릉선 이북 평야지) 10월1일~10일, 중부지방(익산,순창,합천,청도,삼척선 이북)은 10월10일~20일(진주, 나주 이남은 11월10일까지), 남부지방(익산,순창,합천,청도,삼척선 이남) 10월15일~30일, 제주도 11월1일~15일. 월동 전 잎이 5~6장 나오도록 한다.

흙덮기 해준다. 이른 봄에 올라온 보리는 싹을 잘라 이용한다. 개화 시기는 4월 하순~5월 상순이다. 수확기는 이삭이 나온 후 35일 지난 6월 초가 제때다. 절기상으로 망종(芒種)에 해당한다.

망종은 24절기 중 아홉 번째로 소만(小滿)과 하지(夏至) 사이이다. 양력으로 6월6일 경이며, 음력으로 4월 또는 5월에 든다. 벼, 보리 같은 까끄라기(芒)가 붙어있는 씨앗과 관련이 있는 이름이다. 씨를 뿌리기 좋은 시기라는 뜻으로 이 시기는 벼의 모가 자라고 보리가 익는 절후여서 망종 무렵은 보리를 베고 모내기하는 철이다. 이 때문에 예전에는 망종을 농가에서는 '보리망종'이라고도 불렀다. 망종 무렵에는 모내기 준비가 한창인 바쁜 시절이어서 보리를 바로 타작하지 못하고 모내기를 마친 다음에 했다.

베어낸 보리는 전통적으로 여럿이 도리깨를 번갈아 내리치며 '옹헤야'를 매기고 받으며 타작했다. '옹헤야'는 보리타작 노동요로 가사 내용은 '파종 - 제초 - 수확 - 타작'으로 짜여졌다. 실학자 다산 정약용(茶山 丁若鏞, 1762~1836)은 보리타작 정경을 '타맥행(打麥行)'이라는 시로 그렸다.

용수로 갓 거른 막걸리는 뿌연 우윳빛
큰 사발에 보리밥은 한 자 높이.
밥 다 먹고 도리깨 들고 타작마당에 나서니
검은 두 어깨는 햇살 아래 옻칠한 듯 번들번들.
호야호야 소리 내며 일제히 발 구르자

잠깐 새 보리 이삭이 낭자하게 널리고,
잡가(雜歌) 매겨 주고받는 소리 높아가자
용마루 높이까지 보릿겨 어지럽게 날아오른다.
기색들 보면 이보다 더한 즐거움 없나니
마음이 육신의 부림을 당하는 게 아니기에.
낙원(樂園)과 낙교(樂郊)가 멀리 있지 않거늘
무어 고달프게 풍진의 객이 되랴.26)

'보리고개'라는 말도 있다. 예전 3~4월은 곡식이 바닥나고
푸성귀마저 귀한 시기였다. 겨울을 넘긴 푸른 보리밭이 누렇게
익어 배고픈 고개를 넘어주었다. 보리가 여물 때까지 기다리지
못할 때는 풋보리를 베어다 보리밥을 해먹거나 불에 끄슬려 먹
기도 했다.

보리의 주산지는 전라, 경상 지방으로 전라남도는 쌀보리를,
경상북도는 겉보리를 많이 재배한다. 맥주보리는 맥주의 원료로
쓰이며 총체보리는 사료용으로 이용된다.*

---

26) 타맥행(打麥行) : 다산이 1801년 유배지인 장기에서 보리타작하는 광경을
보며 지은 7언고시 (출전 : 〈여유당전서-시문집〉, 시 4권, '한국인문고전
연구소', 번역 심경호).

부추

백합과에 속하는 여러해살이 식물로 중앙아시아가 원산지다. 지역에 따라 솔, 졸, 정구지, 세우리 등으로 불렀다. 부추에는 부부사이나 정력에 좋다는 표현이 많다. 精久持(정구지)는 '정을 오래 유지시켜준다'라는 뜻이며 월담초, 파옥초, 파백초 이름에도 그러한 의미가 담겼다. '부추 씻은 물은 아들 안주고 사위 준다'는 우스개 말도 전해온다.

재배지는 물 빠짐이 좋아야 한다. 한번 잘 가꾸어놓으면 4~5년은 매년 봄부터 가을까지 수확할 수 있다. 잎이 넓고 좁은 것이 있으며 좁은 것이 향기가 강하다.

봄 재배와 가을 재배가 있다. 봄 재배는 3월 하순~4월 중순에 재배상자에 줄뿌림하거나 128공 트레이에 4~5알씩씩 뿌려 육묘하여 5월 하순에 바로심기 한다. 폭 1m 평이랑

두메부추

으로 밭을 만들어 줄 간격 20cm, 포기 간격 15~20×20cm면 알맞다. 잎을 수확하는 경우 8월에 피는 꽃은 따주는 것이 좋다.

첫 해에는 9월~10월 중순에 수확하고, 다음 해부터는 4월~10월 사이에 수확하게 된다. 잎 길이 20cm 이상일 때 수확한다. 첫 수확 때는 지면에서 3~4cm 높이에서 자르고, 그 후에는 1~1.5cm 정도 위에서 자르는 요령으로 한다. 수확 때마다 물과 웃거름을 충분히 준다.

부추는 뿌리가 나누어져 증식된다. 부추, 차이브, 달래 등의 작물은 비늘줄기(알뿌리)가 늘어나 새로운 줄기가 생기기 때문에 여러 번 수확하면 늘어난 줄기가 많아져 연약해진다. 이러한 현상을 막으려면 3~4년 주기로 새로 심거나 모종을 다시 심는 것이 좋다.*

브로콜리(Broccoli)

　　　　　　지중해 지방 또는 소아시아가 원산지로 십
자화과 식물이다. 양배추에서 진화한 변종으로 샐러드, 스프, 스
튜 등 서양 음식에 많이 사용하는 채소 중 하나다. 꽃과 잎에
영양요소와 항산화 물질이 풍부하여 고혈압, 당뇨, 빈혈, 암, 성
인병에 좋은 기능성 채소로 알려져 있다.

　봄과 가을에 재배할 수 있다. 중부지방 봄 재배의 경우 3월
초 재배상에 씨 뿌려 육묘하여 4월 초에 바로심기하고 6월 말
경에 수확한다. 가을 재배는 7월에 씨 뿌려 가을에 수확한다.
주간 거리는 약 40cm 간격으로 한다.

　브로콜리는 꽃봉오리를 많이 이용하고 있다. 크기가 10cm 정
도일 때 줄기를 15cm 정도 남기고 잎을 2~3장 붙여 수확한

다. 브로콜리는 꽃봉오리뿐 아
나라 잎과 줄기도 이용할 수
있다. 어린잎은 쌈 채소로, 자
란 잎은 녹즙용으로 활용이 가
능하다. 특히 브로콜리 잎에는
케일보다 비타민C가 15~80%
이상 더 많이 들어있고 항암
기능성 물질인 설포라판은 약 6.8배 이상 높다는 설명이 있다.

　잎을 수확하는 요령은 꽃봉오리 수확 직후부터 3~4주간 대
략 4~5차례에 걸쳐 아래 본잎 6장을 제외한 나머지 잎을 수확
한다. 꽃봉오리가 달려있는 상태에서는 본밭 바로심기 후 5주차
부터 아래 본잎 6장를 제외하고 새로 자라나는 잎의 30~50%
를 수확한다. 약 8주에 걸쳐 10회 정도 수확이 가능하다.*

비트(Beet)

명아주과 식물로 유럽 남부가 원산지다. 잎과 뿌리를 이용한다. 비트는 약간 차가운 기후를 좋아하는 호냉성 채소다. 빨간무라고도 불리는 비트는 식감과 영양소가 풍부하며 뿌리에는 베타인이라는 성분이 들어있어 독특한 색깔을 내기 때문에 채, 김치, 샐러드를 비롯한 다양한 요리의 장식과 식용 색소로 이용된다. 뿌리만이 아니라 잎도 식용으로 이용한다.

봄가을로 재배할 수 있다. 봄 재배는 3월~4월에 씨 뿌려 5월~7월 수확하고, 가을 재배는 8월~9월에 씨 뿌려 10월~11월에 수확한다. 모종으로 심는 경우 4월 하순~5월 상순, 8월 하순~9월 상순에 심는다.

싹트기에 적당한 온도는 20~30℃이며 생육에 적당한 온도는 13~18℃의 시원한 기후가 적절하다. 씨뿌리기 전에 하룻밤 정도 물에 담그면 싹트기가 잘 된다. 온도가 22℃ 이상 되면 동화능력이 저하되어 뿌리 발육이 떨어지고 온도가 5℃ 이하로 떨어지면 추대가 된다. 가능한 10℃ 이상을 유지해 주는 것이 재배에 유리하며 봄 파종인 경우 너무 늦지 않는 것이 좋다.

재배할 밭은 밑거름과 석회를 뿌리고 뿌리가 잘 자라도록 토양은 깊이 20cm 이상 토질이 부드럽게 갈아준다. 토양산도 6.0~7.0 정도의 중성을 좋아하는 식물이다.

비트 단면

직파와 육묘가 가능하다. 직파의 경우 줄 간격 30cm에 3cm 정도 간격으로 씨를 뿌리고 자라면 간격이 10~15cm 되게 솎아준다. 육묘의 경우 파종 후 한달 정도 길러 본밭에 이식한다.

재배일수는 60~70일이다. 잎이 7~8장, 뿌리의 지름이 5~6cm 때 수확하는 것이 좋다. 수확 시기가 늦으면 섬유질이 발달하여 단단해져서 맛이 떨어진다. 비트의 지상부 잎은 샐러드 등 다양한 식재료로 이용한다. 뿌리는 조생종은 뿌리 직경이 3cm 중생종은 5cm 정도로 굵어지면 수확한다. 병해로는 잘록병, 갈색점무늬병과 생리장애 등이 있다. 붕소 결핍에 민감한 작물로 알려져 있다. 10a당 1kg 정도의 붕사를 뿌려준다. 되도록 이어짓기를 피해 돌려짓기 한다.*

삼엽채(三葉菜, 파드득나물)

　　　　　미나리과의 여러해살이 식물로 비교적 서늘한 기후를 좋아한다. 파드득나물이라고도 부른다. 잎줄기에 3개의 잎이 달려있다. 독특한 향이 있으며 어린잎과 줄기를 나물, 무침, 샐러드 등으로 이용한다. 4월 중순에 줄뿌림 하여 10월 중순경에 수확한다. 일반적으로 그늘에서 잘 자라므로 차광 재배 하는 것이 좋다. 수확 시 뿌리 부분 줄기 1cm 정도를 남긴다. 3~4회 수확이 가능하다.

　참나물과 모양과 맛이 비슷하여 참나물로 소개되기도 하지만 참나물과 다르다. 두 식물 모두 전국의 산지, 습한 계곡 등지에 자라고 토양수분이 좋고 배수가 잘 되며 차광이 될 수 있는 시설이 있으면 재배가 용이하다.

■ 참나물 : 삼엽채와 같은 미나리과의 여러해살이 식물이다. 모양이 삼엽채와 유사하다. 하지만 참나물은 잎가장자리에 규칙적인 톱니모양이 있고 줄기와 잎자루에 자주색이 들어있다. 파드득나물은 연두빛이다. 토종 참나물은 수확량이 낮고 경제성이 낮아 농가에서 재배가 드물다. 참나물은 높은 습도가 유지되는 서늘한 고랭지에서 재배가 유리하다.*

상추

국화과 식물로 지중해 연안이 원산지이다. 세계적으로 친숙한 채소로 쌈밥, 셀러드, 겉절이 등 다양한 식재료로 이용되고 있다. 원산지가 지중해와 이집트지역으로 우리나라에는 6~7세기에 들어온 것으로 알려져 있다. 상추는 서늘한 기후가 적합하여 봄가을로 심는다. 가을에 심는 상추는 맛이 좋아 '가을 상추는 문 닫고 먹는다'는 속담이 있다. 다른 작물에 비해 생육 기간이 짧은 편이다. 병충해도 적은 편이어서 재배하기가 어렵지 않다. 싹 트는 데 적당한 온도는 15~20℃ 이다. 유럽 등 다른 나라는 결구상추가 주류인데 우리나라는 쌈용으로 잎상추를 주로 심는다. 최근에는 도입 품종도 많아져 다양한 품종을 재배해 볼 수 있다. 종류로는 치마상추, 축면상추, 담배상추, 로메인상추, 오크상추, 양상추 등이 있다. 상추의 흰 즙액 속의 락토카리움 성분은 신경안정, 진통, 최면작용이 있으며 쓴맛은 식욕에 도움을 준다.

파종 때 주의할 점은 상추 씨앗은 호광성이므로 흙을 많이 덮어주면 싹트기가 안 된다. 직파와 육묘 재배가 가능하다. 봄 상추의 경우 경기 북부지방은 3월 중순 이후 씨 뿌려 7월 중순까지 재배할 수 있으며, 가을 상추는 8월 중하순경 씨 뿌려 늦가을까지 재배할 수 있다. 파종 시기는 육묘기간을 감안하여 봄가을은 25~35일, 여름철은 20~25일, 겨울철은 35~40일 고려하여 결정한다. 직파는 줄 간격 15

~20cm로 줄뿌림 한다. 모종 재배는 6cm 간격으로 재배상에 줄뿌림하거나 128구~200구 트레이를 이용한다. 온도 15~20℃를 유지하면 2~3일이면 싹트며 25~30일 육묘한다. 육묘장은 15~23℃ 되게 유지 관리하고 파종 후 매일 관수하고 싹트기 후에는 솎아준다. 바로심기 2~3일 전에는 모 경화 작업을 해준다. 바로심기 모는 본잎 3~4장이 적당하며 며 바로심기 1시간 전에 충분히 물을 뿌려준다.

밭은 평이랑으로 하여 두둑 120cm 고랑 40cm 정도로 만든다. 상추는 다비성 작물이어서 비옥한 토양이 좋다. 특히 여름철에 양분이 부족하게 되면 꽃대가 빨리 올라온다. 산성토양일 경우 반드시 석회를 뿌려준다. 그러나 너무 많이 사용하면 망간, 철분 결핍이 일어난다. 퇴비와 석회는 2~3주 전에 뿌린다. 웃거름은 심은 후 3주 간격으로 포기 사이에 흙을 파고 준다.

재배간격은 잎을 따먹는 상추는 15~20cm, 결구 상추는 30×30cm, 반결구 상추는 25×25cm 간격으로 한다.

상추는 마그네슘, 칼슘, 아연, 망간, 붕소 같은 요소의 부족과 과잉에 따라 영양장애와 결구내 부패, 이상 결구 등이 일어난다. 병해로는 균핵병, 노균병, 잿빛곰팡이병, 모자이크병, 무름병, 역병, 갈색무늬병, 점균병, 시들음병 등이 있다. 충해로는 진딧물, 총채벌레, 밤나방, 민달팽이, 거세미나방류, 굴파리 등의 피해가 발생한다.*

생강

생강과 식물로 인도, 말레이시아 지역이 원산지이며 땅속 덩이줄기를 이용하는 향신채소이다. 생강(生薑,Ginger)은 몸을 따뜻하게 해주기 때문에 감기에 걸렸을 때 생강차로 이용되며, 생강을 얇게 자르거나 찧어 설탕에 잰 편강이나 조미료, 김장 양념 등으로 쓰인다. 본래 여러해살이 식물이나 우리나라에서는 월동을 못해서 매년 심는다.

토양은 사양토나 양토로 양지바르고 물 빠짐이 잘 되며 수분 유지가 되는 곳이 좋다. 건조와 과습에 약하다. 약한 광량에도 견디는 반음지성 식물의 성질이 있다. 생육 기간이 비교적 길며 밑거름과 웃거름을 충분히 주고 북주기를 해준다. 노지의 경우 재배 일정은 4월 중순~5월 중순에 씨 뿌려 10월 중순~11월에 수확한다. 저온에 약하므로 파종 시기를 고려해 정한다.

생강을 재배할 때 중요한 점은 우량 씨생강을 준비하는 일

이다. 외관이 좋고 선홍색으로 터지지 않은 것으로 고른다. 재래종은 300평에 170~180kg 정도가 필요하다. 재래종 생강은 20~30g, 중국 생강은 25~35g 정도의 크기로 눈이 2~3개 정도 되게 나누어 심는다. 절단면은 1~2일 햇볕에 말린다. 심는 거리는 재래종  30×30cm, 중국종 30×25cm로 하고 흙을 3cm 정도 덮어준다. 심은 지 7~8주 지나야 잎이 나는 특성이 있어서 지상부를 짚으로 싹이 올라오는 동안 덮어주면 좋다. 6월 하순, 9월 하순경 2회 웃거름을 준다.

9월 말~10월 하순에 지상부 잎이 변색되는 때가 수확 시기다. 서리와 저온을 피해 수확한다.

병충해로는 뿌리썩음병, 도열병, 문고병, 파밤나방, 조명나방, 거세미나방, 뿌리응애 등의 피해가 있고 이어짓기(연작)를 하면 장애가 심하므로 3~4년 간격으로 돌려짓기(윤작)하는 것이 좋다.*

셀러리

미나리과 식물로 남유럽, 북아프리카, 서아시아가 원산지다. 고유한 향이 있으며 연한 잎과 줄기를 이용하며 샐러드 등 서양요리에 중요한 식재료이다. pH4.8 정도의 산성토양에서도 잘 자란다. 서늘한 기후를 좋아하며 23~24℃ 이상이 되면 성장이 나빠진다. 약한 그늘에서도 잘 자란다. 생육 중 미량원소 결핍이 잘 나타나므로 붕소, 칼슘 등을 공급해준다. 씨앗이 미세하고 발아율이 낮고 싹트기 기간이 보름 정도로 긴 편이다. 싹트기 적온은 20~25℃ 정도이다.

남부지방에 맞는 재배작형으로 노지에서는 5~6월 씨 뿌려 11~12월 수확한다. 육묘는 128구 트레이에 3월 말~4월 초에 씨 뿌려 본잎이 2~3장 정도로 자라면 포트에 옮겨심기 해준다. 육묘기간이 긴 편이어서 육묘기간이 중요하다. 바로심기는 4월 말~5월 초 무렵이다. 바로심기 후 60일 정도 지난 6월 하순부터 7월까지 잎을 수확하며 여름이 지나 가을이 오면 다시 서리가 내리기 전까지 수확할 수 있다. 여름에 기온이 높아 비교적 재배가 까다로운 편이다.*

수박

박과의 덩굴성 식물로 아프리카가 원산지이며 여름을 대표하는 소비자 선호도가 높은 열매채소다. 재배역사가 긴 작물로 4천 년 이전에 고대 이집트 벽화에도 등장한다. 호온성 작물이며 병해가 많은 편이다.

열매 크기, 모양, 과육 색깔, 시기, 당도 등에 따라 분류된다. 이름도 다양해서 꿀, 감로, 달고나, 참다라, 달, 달덩이, 금, 금메달, 황금수박이 있고 씨없는 수박도 있다. 최근에는 기능성 수박, 컬러 수박이 보급되고 애플, 망고수박 같은 품종이 틈새 작물로 재배된다. 수박은 수분 함량이 90% 이상으로 높고 열량이 낮은 반면 포도당 등 당분을 함유해 갈증을 풀어주고 피로회복에 좋은 여름 열매다.

일반 작형은 4월 중하순에 파종하여 5월 중하순 바로심기하고 8월에 수확한다. 이랑 사이 250cm 주간 90cm 간격으로 심는다. 밑거름을 충분히 주고 바로심기 후 30일경에 1차 웃거름을 주고 30일 뒤에 2차 웃거름을 준다.

수박 열매는 아들가지에서 맺히게 재배한다. 3~4개 덩굴이 나오면 어미덩굴의 순을 지르고 아들넝쿨을 2~3가지 키운다. 포기당 2~3개 자라게 관리하고 아들넝쿨의 13~18마디 정도 되는 곳의 잘 개화한 암꽃을 수정시켜 키운다. 나머지 꽃은 모두 따준다. 수박 열매가 맺히고 잎과 덩굴이 번성하게 되면 잎 사이로 나오는 순도 모두 잘라주며 1포기당 2개를 열매달림시켜 키운다. 덩굴과 순 관리를 소홀히 하면 바라는 수확을 기대할 수 없다.

이어짓기 장애와 생리장애가 발생하며 병해충으로는 역병, 탄저병, 균핵병, 흰가루병, 갈색점무늬병, 바이러스병, 총체벌레, 굴파리, 뿌리혹선충 등이 있다.*

순무

　　　　　　십자화과 한해살이 또는 두해살이 식물이다. 이름에 무가 들어있지만 식물학적으로는 배추에 가깝다. 순무는 전 세계에 여러 종류가 재배된다. 모양과 색깔이 다양하다. 순무는 주로 깍두기나 동치미로 파, 마늘, 밴댕이젓국에 버무려 김치로 이용된다.

　봄에 파종하는 봄 순무와, 늦여름에 파종하는 가을 순무가 있고 시설재배도 한다. 순무의 한반도 재배역사는 1천 년 정도로 추정한다. 순무하면 강화도가 유명하다. 지금의 순무는 중국에서 전래되어 삼국시대 때부터 재배되어 온 재래종과 유럽계 순무가 교잡된 것으로 알려져 있다.

　8월 중하순에 파종한다. 재배방법은 무와 비슷하다. 성장이 빨라서 재배 기간이 짧은 편이다. 날로 먹을 수도 있고 익혀서 먹을 수도 있다. 소설 〈삼국지〉에서 촉한의 재상이었던 제갈량(諸葛亮)이 순무를 진중에서 이용했다는 이야기가 전한다. 제갈량은 순무를 자주 심도록 권장하였고, 전시에 부대를 지휘하다가 장기전으로 돌입할 기세가 보이면 둔전을 실시하여 순무를 심었다고 한다. 그래선지 순무를 제갈채(諸葛菜)라고도 부른다.*

시금치

　　　　　　명아주과 한해살이 또는 두해살이 식물로 아프가니스탄 주변의 중앙아시아가 원산지다. 한국에는 조선 초기부터 재배를 시작한 것으로 추정한다. 유기질이 풍부한 사질토가 좋고 산성 땅을 싫어하며(pH6~7) 내한성이 강한 작물이다. 싹트기 및 생육 적온이 15~20℃로 서늘한 기후를 좋아하며 5℃가 넘으면 언제든 씨뿌릴 수 있으며 10℃ 전후에도 잘 자란다. 품종은 씨에 가시가 있고 각진 동양계와 두리뭉실한 서양종이 있다. 품종이 다양해서 확인하여 재배한다. 파종 후 1~

2주 만에 떡잎이 나오고 3주에는 2 ~4장의 본잎이 나온다. 더위에 약 해 평균기온이 25℃를 넘게 되면 생육이 불량해진다. 연작 장애가 있 다.

단기간에 왕성하게 자라며 봄~여 름 재배에서는 파종 후 25~30일 정도이면 수확이 가능하다. 대표적 인 장일식물로서 햇빛이 길어짐에 따라 꽃대가 빨리 생긴다. 시금치는 봄재배, 여름재배, 가을재배 로 나눌 수 있다. 육묘도 가능하다. 120~250공 트레이에 씨 뿌려 20일 육묘한다.

· 봄재배 : 남부지방에서는 2~3월에 파종하여 30~40일 정도 재배하여 수확한다. 시기가 늦어지면 장일 고온기가 되어 추대 가 되기 때문에 재배가 어렵다.

· 여름 재배 : 고온과 내병성이 강한 품종을 선택하여 해발 800m의 고랭지에서 재배하거나 유기질이 풍부하고 비옥한 토 지에서 생육이 빠른 품종을 단기간에 조속히 수확하는 재배양식 이다. 6월 상순~8월 하순에 파종하여 7월 상순~10월 상순 수 확한다.

· 가을 월동재배 : 9월 이후는 저온 단일기로 재배가 가장 쉽 다. 수량과 품질이 좋고, 겨울 동안의 농한기의 노력과 휴한지 를 이용하는 장점이 있다. 9월 중순~11월 하순 파종하여 10월

하순~이듬해 3월 하순에 수확한다. 9월 중순경 씨뿌리면 10월 말 솎음수확 하고 10월에 씨뿌리면 겨울 넘겨 이듬해 봄에 수확한다.

시금치의 뿌리는 비교적 땅속 깊이 자란다. 시금치는 씨껍질이 두텁기 때문에 하루 정도 물에 담갔다가 뿌리는 것이 좋다. 파종은 1~2cm 간격으로 직파 줄뿌림으로 하는데 어릴 때 배게 재배하여도 길고 부드럽게 발육이 잘 된다. 생육에 맞춰 솎아준다. 1차 솎음은 싹튼 후 1주일 경 2~3cm 간격으

로, 2차 솎음은 싹튼 후 2주일 경 3~5cm 간격으로 한다. 가을 파종한 경우 50~60일, 여름 파종은 30~35일, 봄 파종은 40일 정도면 수확할 수 있다.

시금치는 데친 다음 이용한다. 데치면 영양소가 활성화되어 효과적이라는 설명도 있다. 나물, 김밥 등 식재료로 널리 애용되며 Ca, Fe, 비타민과 엽산, 카로티노이드, 섬유소가 풍부하다. 노화 방지, 항암, 빈혈 방지, 소화기능 강화, 콜레스테롤 저하 등에 좋다고 알려져 있으며 뿌리에는 구리, 망간 성분을 함유하여 뼈를 튼튼하게 해준다.*

쑥갓

국화과 식물로 원산지는 지중해 연안이며 서늘한 기후를 좋아한다. 종류는 소엽종, 중엽종, 대엽종이 있고 우리나라에서는 중엽종을 많이 심는다. 쑥갓 이름은 쑥과 갓의 합성어인데 갓은 십자화과 식물이고 쑥은 국화과 식물이다. 쑥과 같은 계통이다. 줄기와 잎 모양이 쑥을 닮았고 쑥이 꽃 갓을 쓴 모양새다. 쑥갓은 식용으로 맛도 별미이지만 꽃을 즐길 수 있기 때문에 관상용으로도 좋다.

쑥갓은 생명력이 강하고 병해충도 많지 않아 파종 때를 맞추면 키우기 쉬운 편으로 봄·가을 재배가 가능하다. 봄재배는 3~4월에 시작한다. 파종 1~2주 전에 밑거름 퇴비를 뿌리고 밭을 만든다. 파종은 골간격 30cm, 뿌림 간격 1~2cm 정도로 줄뿌림하고 흙을 5mm 정도 덮고 물을 충분히 뿌려준다. 씨를 물에 불려 싹을 틔워 할 수도 있다. 가을 파종 시기는 9~10월이다.

한 달 정도 크면 잎이 6~7장 달린다. 키도 10cm 정도로 자라는데 이때부터 솎음 수확을 하거나 이식하여 포기 사이가 15~20cm 정도 되게 해준다. 본잎 수확 시기는 봄재배는 5월 하순, 가을재배는 11월 초순 이후로 키가 15cm 이상 자랐을 때다. 줄기를 자르면 곁순에서 새 가지가 나와 자라 계속 수확할 수 있다. 수확해가며 중간에 웃거름으로 퇴비나 액비를 공급해준다.

쑥갓은 봄에 상추와 어울리는 쌈 채소로 으뜸이다. 향기가 좋아 튀김, 매운탕에 빠지지 않는다. 쑥갓은 국화과 식물의 향과 맛을 지닌 식재료이지만 쑥갓 재배에는 꽃을 보는 즐거움이 동반된다. 꽃은 6월 중순 경핀다. 더 많은 수확을 위한다고 꽃을 따주기도 하지만 그렇게 까지 욕심부릴 일은 아니다. 시인 청가인이 쓴 시 '쑥갓'이다.27)

된장에 쌈 쫌 싸먹을까 하여
뜰에 상추, 쑥갓을 심었다

싹이 나고 자라서
몸통을 잘라 팔뚝을 뜯어
몇 번이나 먹었을까
영악한 녀석들
슬근슬금 머리에
작은 몽오리를 만들고
내 안보는 때만 골라
번개처럼 자라더니
머리마다 노란빛이 들고

어느 날 갑자기
쑥갓 밭이 아닌
쑥갓 꽃밭이 되어 버렸다

저마다 나를 보며
생글생글 웃어대니
웃는 낯에 침 뱉으랴
올 여름 점심에 더 이상
향긋하고 아삭한 쑥갓쌈은
먹을 수 없겠다

27)『들꽃으로 살리』, 청가인 김흥순, 도꼬마리출판사, 89쪽, 2010.3.

아마란스(Amaranth)

남아메리카 안데스산맥의 고산지대에서 약 5천년 전부터 재배되어온 한해살이 비름과 고산식물로 쌍자엽식물이다. 신이 내린 작물이라고 불리며 퀴노아(quinoa)와 함께 잉카문명28)의 대표 작물이며 수퍼푸드29)라고도 부른다. 중남미 지역을 비롯해 중앙아시아, 유럽, 아프리카 등지에 약 50가지 종류가 분포해 있다. 건조하고 척박한 토양에서도 재배가 용이하고 병충해가 적은 작물이다. 씨앗에 따라 잎과 줄기, 꽃의 색깔이 자주색, 주황색, 노란색, 보라색, 녹색, 검정색 등으로 다양하게 나타난다.

아마란스는 잡곡이나 시리얼, 셀러드 등으로 섭취하는 것이 일반적이다. 밥 지을 때 쌀과 섞어 활용하면 좋다. 차로 끓이면

---

28) 잉카(Inca) : 15세기부터 16세기 초까지 남아메리카의 중앙 안데스 지역을 지배한 고대제국의 이름이다.

29) 수퍼푸드(superfood) : 활성산소들을 제거하고 체내에서 필요로 하는 영양소를 많이 함유하고 있는 웰빙식품. 명확히 정의된 용어는 아니지만, 영양이 풍부하고 나쁜 콜레스테롤은 함유하고 있지 않거나, 음식 첨가물의 독성을 해독하며 우리 몸에 면역력을 증가시켜 노화를 늦춰주는 식품을 지칭한다. 대표적으로 콩·대두·블루베리·파프리카·브로콜리·귀리·오렌지·호박·시금치·토마토 등이 있다.

구수한 맛이 난다. 잎과 줄기는 나물로 무쳐서 먹는 경우가 많고, 볶음요리나 국물요리에도 활용된다. 꽃과 잎이 화려하여 관상·조경용으로 재배되거나 염료 및 식용색소로도 활용된다. 이외에도 잎과 꽃을 말린 뒤 함께 우려내서 허브차로 마시기도 한다.

영양상의 특성으로는 전분 함유량이 48%~69%로 높고, 식물성 곡류 단백질을 15%~16% 함유한 고단백 식품으로 알려져 있다. 또한 라이신, 타우린 등 균형 잡힌 아미노산을 포함하고 있고 불포화 지방과 무기질(Ca,Fe,Mg,Zn 등)을 다량 함유하고 있어서 성인병 예방과 항암작용에 효과적인 건강식품으로 주목받은 작물이다.

아마란스는 곡물보다 채소로 섭취할 경우 영양성분이 더욱 높게 나타난다고 한다. 2013년 6월 발표된 농촌진흥청 산하의 '국립식량과학원 고랭지농업연구센터'의 연구 발표에 의하면 잎의 경우 단백질 함량은 씨앗보다 2배 이상, 무기질 함량은 4배 이상, 항산화 활성은 5배, 페놀 함량은 8배나 증가한다고 한다.

파종은 4월 말에서 5월 초로 낮 기온이 15℃ 이상 되어야 한다. 발아는 잘 되는 편으로 파종 후 3~4일 이면 싹이 나온다. 재배 간격은 40cm 정도로 하여 한 구멍에 3~4알 넣어주면 된다. 육묘할 경우에는 3월 초 씨 뿌려 낮 기온이 20℃ 이상을 유지해 준다. 옮겨심기는 모종의 크기가 10~15cm 정도면 적당하다.

생육 기간은 110일~120일이다. 개화기는 보통 6월 하순~8월 중하순으로 품종에 따라 차이가 있다. 직파 재배의 경우 8월 초순 경부터 수확이 가능하며 이삭 꽃대를 잘라 건조하여 씨앗을 털어 채집한다. 10a당 수량이 300kg 정도로 다수확이 가능한 것으로 알려져 있다. 관리상으로는 지주대를 설치하여 줄로 매주어 태풍과 장마로 인한 쓰러짐을 방지해주는 것이 좋다.*

아욱

　　　　　　　　쌍떡잎식물로 아욱과 한해살이 식물이다. 중국, 인도, 서남아시아, 유럽 등 북부 온대로부터 아열대에 걸쳐 분포한다. 우리나라에는 고려시대 이전에 전파된 것으로 추정하고 있다. 아욱은 키가 60~90cm 정도 자란다. 꽃은 봄부터 가을까지 피지만 최성기는 6~7월이다. 품종에는 잎이 크고 넓은 것과 작고 얇은 것이 있다. 아욱은 3월 중하순 ~9월 초중순 사이에 기온이 15℃ 이상이면 파종이 가능하다. 시설재배로 겨울재배도 한다. 특히 기온이 높은 한여름에도 재배하여 수확할 수 있다. 봄 채소가 들어가서 먹을 만한 채소가 드문 한여름에 이용할 수 있는 여름 더위를 이기는 식품이다.

이규보(李奎報,1168-1241)가 〈동국이상국집(東國李相國集)〉의 '가포육영(家圃六詠)'에서 아욱(葵)을 시로 적었다.[30]

아욱(葵)

공의휴가 맛 좋은 아욱 뽑아 버린 것
이익 다투게 될까 저어해서이고
동중서가 아욱밭 돌보지 않은 것
독서하려해서 였네
재상 그만두고 한가로이 거하여
일 없는 나그네 되었으니
아욱잎 무성히 뻗도록 내버려둔들
무슨 상관 있으리오

재배는 이랑에 줄뿌림 하고 솎음 수확을 해가며 포기사이 20cm 정도로 40~50일간 기른다. 파종 후 5주가 지나면 성장이 빠른 포기부터 수확할 수 있다. 수확요령은 아래 부분에 곁순이나 곁가지를 남겨두고 윗부분을 가위나 낫으로 베어낸다. 봄에 자란 아욱은 여름에 꽃이 피기 시작한다. 꽃이 열매를 맺어 성숙하면 씨앗을 받는다. 가을이나 이듬해 봄에 이 씨앗을 심을 수 있다. 아욱은 여름철에 좋은 식재료이며 비타민과 칼슘

---

30) 한시 번역 : 고전연구가 정지연

이 많은 알칼리성 식품이다. 종자는 약용으로 쓰인다. 아욱꽃을 말린 것이 동규화(冬葵花)이고 씨앗 말린 것을 동규자·규자·규채자라 한다. 발육기의 어린이에게 좋은 식품이며 약효는 이뇨·활장·하유의 작용이 있어서 대소변 불통·수종·부인의 유즙불행 등에 사용한다고 한다. 요리로는 된장을 풀어 넣어 끓인 아욱국이 대표적인 전통요리이다. 쌈이나 죽의 재료로도 이용한다. 한여름의 대표적인 잎채소다.*

양파

　　백합과에 속하는 두해살이 작물로 서늘한 기후를 좋아하고 내한성이 비교적 강한 작물이다. 고대 이집트에서부터 이용되어온 채소로 우리나라에는 조선시대 말기에 들어온 것으로 추정하고 있다. 육류와 함께 이용하면 균형을 이루고 소화를 도우며 양파의 페쿠친 같은 성분은 콜레스테롤을 분해하고 혈액을 청소해주는 역할을 하는 것으로 알려져 있다. 생으로 혹은 익혀서 양념 등 다양한 식재료로 이용된다. 알이 꽉차고 단단히 여물고 맛과 향이 좋은 양파를 선호한다. 품종으로는 노란색, 붉은색, 흰색 계통 등 다양한 종류가 있으며 일본산 종자를 대체한 국내종자 신품종이 개발되어 보급되고 있다.

　양파는 밭에서 자라는 시간이 약 10개월에 이른다. 산성 토양에 약하므로 밭을 일구기 전에 퇴비와 석회를 뿌려 토양산도를 pH6.3~7.7 정도로 조정해준다. 거름 요구량이 많고 비교적 생육 기간이 길어서 심기 2주전 경에 충분히 밑거름을 주어 토양을 비옥하게 해준다. 토양에 미량요소가 부족하면 결핍증상이 나타난다.

　파종 시기는 남부는 9월 상중순, 중부는 9월 초이며 골 사이가 6~9cm로 줄뿌림 하거나 묘상 혹은 트레이에 파종하여 육묘한다. 파종 시기를 일평균 기온이 15℃ 되는 날에서 거꾸로 세어 40일 전으로 하여 45~60일 육묘한다. 씨 뿌린 후 물을 충분히 공급하고 볏짚, 부직포 등으로 덮었다가 일주일 후 정도 싹트면 제거해 준다. 육묘기간은 45~50일 정도 걸린다. 튼튼한 모 기르기가 중요하다.

밭에 바로심기는 잎 수 4장 정도, 줄기 굵기 6~8mm, 키 25~30cm 정도 이르렀을 때로 10월 중순~11월 중순경이다. 심는 거리는 20×20cm로 하고 평당 100주 정도가 적당하다. 관리상으로는 땅이 얼기 전 11월 중하순경에 투명 비닐로 바닥 덮기 해준다. -8℃까지의 저온에서 동해를 입지 않고 5℃까지는 미약하나마 뿌리 발육이 진행된다.

수확 시기는 6~7월에 지상부 줄기와 잎이 약간 녹색을 띠며 반 정도 쓰러졌을 때이며 수확 후 서늘하고 바람이 잘 통하는 곳에 보관한다. 주산지는 전남·경남·경북이다. 병충해로는 잘록병, 노균병, 고자리파리, 총채벌레, 굴파리 등이 있다.*

■ 인경(鱗莖 : 비늘줄기) : 양파, 백합, 마늘, 부추처럼 땅속에서 부푼 줄기를 비늘줄기 또는 인경이라고 한다. 비늘줄기는 줄기가 비늘처럼 변해 여러 개의 작은 비늘잎이 서로를 감싸듯이 싸안아 전체적으로 공 모양이다.

엉겅퀴

국화과의 여러해살이 식물이다. 산 가장자리나 양지 바른 들판에서 주로 자라며 산간지역이나 농촌지역에 잘 산다. 도시 주변에서는 서식처가 많이 사라져 보기 드물다. 엉겅퀴는 순수 우리말이다. 예전 기록에는 큰 가시를 뜻하는 '한거싀', 〈동의보감(東醫寶鑑)〉에는 '항가싀' 로 기재되었다. 가시나물이라고도 한다. 엉겅퀴에는 좁은잎엉겅퀴, 가시엉겅퀴, 흰가시엉겅퀴, 큰엉겅퀴, 지느러미엉겅퀴, 고려엉겅퀴 등이 있다.

줄기는 곧게 자라고 서고 큰 것은 1m 정도에 달한다. 전체에 털이 있다. 잎은 서로 어긋난다(互生). 잎 표면에는 작은 털이 있고 가장자리에 크고 작은 가시가 촘촘하게 달려있다. 꽃은 한여름에 적색 또는 자주색으로 가지 끝에 한 송이씩 위를 향해 핀다. 꽃 모양이 개성이 강한 아름다움을 느끼게 한다. 꽃 안에는 많은 통 모양의 작은 꽃이 서로 붙어서 하나의 꽃을 이룬다(합판화,合瓣花). 씨에는 여러 개의 하얀 깃털(冠毛)이 달려있으며 바람에 날려 번식한다. 어린잎은 나물로 이용하고 꽃 핀 후 성숙한 개체를 말려서 약용한다. 한방에서는 전초 또는 뿌리를 대계(大薊)라고 하며 혈액응고 방지 및 간 해독작용 등을 하는 것으로 알려졌다.

곤드레(고려엉겅퀴)

나물로 이름 높은 곤드레는 엉겅퀴의 한 종류로 분류상 이름은 고려엉겅퀴다. 키가 50~100cm이며 꽃은 8~10월에 핀다. 어린 잎과 줄기를 식용한다. 데쳐 우려내 말려서 묵나물, 국거리, 볶음, 곤드레밥 등으로 이용한다. 곤드레는 5~6월이 제철로 잎이나 줄기가 연한 것이 특징이다. 정선 등 강원도 지역이 주산지다.

씨를 뿌려 재배한다. 씨앗은 휴면을 타파해주는 것이 좋다. 1~2일 물에 불린 후 냉장실에 저온처리 해준다. 심을 밭에는 1개월 전에 퇴비와 석회 등을 밑거름으로 깊게 갈아준다. 씨앗은 1~2일 물에 불려 냉장실에서 저온 처리하여 이용하는 것이 좋다. 봄재배 파종 시기는 4월 하순~5월 초순이며 씨뿌림 후 왕겨나 짚, 퇴비로 덮어준다.

육묘하는 경우에는 3월 하순~4월 상순에 재배 상자에 파종하여 40~50일 육묘하여 5월 중순경 옮겨심는다. 심는 간격은 20×20cm 정도로 한다. 여러해살이 식물이기 때문에 이듬해에 자라 올라오지만 2년 후부터 일부가 뿌리가 썩어 죽기 때문에 보통 2년까지 재배하고 3년째에는 다시 심는다.

생육 적온은 18~25℃로서 비교적 서늘한 기후를 좋아한다. 땅이 건조하면 생육이 불량하고 너무 습하면 뿌리가 부패하면서 여러가지 병해가 발생하기 때문에 토양이 습하지 않도록 관리를 잘 해준다. 종자는 9월 중하순경 완숙 종자를 채취하여 그늘에서 말린 다음 저장하여 이용한다. 곤드레의 뿌리는 비교적 땅속 깊이 내려간다. 웃거름을 1년에 2회 정도 준다.

수확은 봄 파종한 경우 6월 상순~7월 경에 어린 순이 20~30cm 정도 신장할 때 줄기 아랫잎을 2~3장 남기고 어린 순을 수확한다. 이듬해에는 5월 중순 경부터 3~4회 수확할 수 있다. 2년 차에 수량이 늘어나고 3년 차에는 뿌리가 노화하여 겨울에 동사하여 수확량이 떨어진다. 8월 말~9월 말경 수확이 마무리되면 밑둥 10cm 정도 남기고 베고 왕겨나 퇴비를 덮어 월동해준다.

수확한 잎은 생으로도 이용한다. 보통 끓는 물에 데쳐 물에 불린 후 말려서 건나물로 가공하거나 냉동저장해 이용한다. 곤드레밥은 곤드레를 넣어 지은 밥에 양념장, 들기름 등을 섞어 비벼 먹는 것이 일반적이다.*

열무

- 열 받기 싫어요 시원한거가 좋아요 -

배추과 한해살이 식물로 팔레스타인 지역이 원산지이다. 재배 시기가 4월~9월에 걸쳐 있고 생육 기간이 짧아 여러 차례 수확이 가능하다. 특히 6~7월 여름에 열무김치, 열무국수, 물냉면, 비빔밥 등으로 유용하게 이용할 수 있는 채소다. 특히 열무국수는 열무김치와 육수만 있으면 어렵지않게 여름의 무더위  를 잊는 시원함과 맛을 즐길 수 있는 대표적인 음식이다.

봄·가을로 재배할 수 있으며 씨 뿌린 후 3주 정도면 솎음한 포기와 어린잎을 이용할 수 있고 봄에는 40일, 여름에는 25일 정도면 수확할 수 있다. 웃거름이나 액비를 충분히 준다. 봄 재배는 3월 말에서 4월 중순에 줄 간격 20~30cm, 너무 배지 않게 약 2cm 간격으로 파종해 솎아 10cm 정도 간격이면 좋다. 추대가 늦은 품종이 좋다. 여름재배 시에는 고온과 다습한 환경으로 무름병 등 병해가 많아지므로 비가림을 하거나 침수와 물 빠짐에 유의한다. 가을 재배는 8월 하순~9월 중순 이다. 가을에는 벼룩 잎벌레 등 나방류의 피해가 많아 재배에 어려움이 있는데 이때는 방충망이나 한냉사를 이용해 방제한다.*

오이

박과에 속하는 한해살이 덩굴식물이며 남아시아, 인도가 원산지다. 토양은 통기, 물 빠짐, 보수가 좋은 점질양토가 적당하다. 오이는 거름과 유기물을 풍부하게 공급해 주어야 하지만 너무 과다하게 투입하면 장해를 받기 쉽다. 과습을 싫어하지만 수분 요구량이 많아서 수분 부족에 약한 작물이다. 두둑을 다소 높게하여 습해를 예방한다.

햇빛이 잘 들게 하고 통기를 좋게 한다. 성장 적정온도는 20~22℃로 15℃이하와 30℃ 이상에서는 장애가 일어날 수 있으며 햇빛이 부족하면 기형이 발생하기 쉽다. 덩굴로 자라며 뿌리가 얕게 분포하기 때문에 지주대를 세워주어야 하고, 노균병이나 진딧물 등 병과 해충 피해가 많다. 촉성재배, 반촉성재배, 조숙재배, 억제재배 등 재배형태가 다양하고 시설재배가 발달하여 연중 공급되는 채소이다. 재배가 어려운 편에 속한다. 품종은 지역과 특성에 따라 청장계, 반백계(다다기), 흑진주, 삼척계(가시오이), 백침계, 은침오이, 미니오이 등 여러 가지로 분화되어 있으며 국내에서도 우수한 품종을 육성하여 보급하고 있다. 오이는 품종에 따라 적심과 재배법이 다르므로 주의해야 한다. 모종의 경우 호박에 접을 붙인 모를 구입하여 재배할 수 있다.

일반적으로 육모로 재배한다. 본잎이 5~6매 때 이식한다. 3월 중순 경에 씨 뿌려 육묘하고 4월 중순 경에 밭에 바로심기하여 6월 하순~8월 상순에 수확한다. 모 기르는 기간은 약 30~40일 걸린다. 바로심기 할 때 두 줄로 심을 경우에는 이랑간격 160~200cm(두둑 120~160cm), 포기사이 40cm 정도로 하고, 한 줄일 때는 이랑을 100~140cm(두둑 60~100cm) 정도로 한다.

잎이 5~6장 정도 자라면 받침대를 삼각형(합장식)으로 세우고 줄이나 오이망을 씌워 원줄기(어미덩굴)를 유인해 준다. 원줄기와 나오는 곁순(아들덩굴)은 품종 특성에 따라 관리한다.31) 아래 6~7마디의 암꽃은 따주어 튼튼히 키운다. 덩굴손은 보이는

---

31) 청장계,다다기 : 어미덩굴을 기른다. 아들덩굴은 2~3마디에서 순을 지른다. 흑진주,삼척계 : 어미덩굴의 20~25마디에서 순을 질러 주로 아들덩굴을 키운다. 백다다기 계통이나 은침오이 품종이 원줄기에 오이가 잘 달려 재배가 편리하며, 미니오이 계통은 암꽃이 많아 피고 절간이 짧아 유리하다.

대로 따주고 오이를 수확해 가며 줄기 아래 오래된 잎과 누런 잎, 병든 잎을 제거해 준다. 웃거름은 1차는 바로심기 후 한 달 정도 후, 첫 번째 암꽃이 피는 시기에 주고 이후 1~2주 정도 간격으로 나누어 준다.

수확은 생과용은 바로심기 후 30일 전후부터이며 무게 150g, 크기 20~25cm가 적당하다. 아침 일찍 이나 해질 무렵 서늘한 때에 한다. 최근에는 봉지를 씌워 규격 오이를 생산하기도 한다.

사두오이

주요 병해로는 노균병, 흰가루병, 잿빛곰팡이병 등이 있으며 주요 충해로는 진딧물, 응애, 온실가루이, 아메리카잎굴파리 등이 있다.*

옥수수

강원도 농가의 재래종 옥수수

　　　　　페루, 멕시코 등 남미지역이 원산지로 벼
과의 한해살이 작물이다. 재배역사는 남미 지역에서 7천년 전에
재배하였고 15세게 이후 세계로 퍼져나갔다. 옥수수는 강냉이,
옥식이 등 몇 가지로 불렸다. 옥수수는 토양을 별로 가리지 않
고 광범위한 환경조건에서 잘 자라며 비교적 각종 재해에 강한
작물이다. 식량 및 간식용으로 이용되는 외에도 사료, 전분이나
식용유를 만드는 원료가 된다. 우리나라에서는 사료용보다는 주
로 식용으로 재배한다.

파종 시기는 노지의 경우 중부지방 4월 중하순~6월 말까지, 남부지방 4월 초순 ~6월 말까지로 시기에 여유가 있다. 가을재배의 경우에는 6월 하순~7월 상순 씨 뿌려 추석 무렵 수확이 가능하다. 옥수수를 "게으른 농부가 심는다"는 말이 있는데 4월부터 6월 사이에 씨 뿌려도 수확이 가능해서 나온 말이다. 그러나 옥수수는 서리에 매우 약하기 때문에 지역별로 시기를 고려해야 한다.

파종은 직파 혹은 육묘 모종으로 한다. 한 주씩 재배할 경우는 25~30cm 두 주씩 재배할 경우는 40~50cm로 하며, 이랑에 두 줄로 심는 경우의 줄 간격은 50cm 정도면 적당하다. 일반적으로 2주를 한데 심는다. 관리상으로는 싹트기 후 30일 경 무릎 아래 크기 정도일 때 원가지 옆에 붙어있는 곁가지를 따준다. 옥수수는 열매가 포기당 2~3개 달리는데 위의 것을 남기고 나머지를 따주면 큰 옥수수를 수확할 수 있다. 성숙기는 파종 후 90일 전후이다.

옥수수의 수확은 옥수수의 용도에 따라 다르다. 식용 옥수수에는 주식으로 이용하는 옥수수, 단옥수수, 찰옥수수, 팝콘용 옥수수, 꼬마옥수수 등이 있다. 식용 옥수수 수확 시기는 산간지와 평지, 기온에 따라 약간의 차이가 있으나 대개 90일 전후이다. 옥수수 수염이 나오고 25~30일이 적정 수확기에 해당하나 직접 확인하는 것이 좋다. 너무 익으면 알이 단단해 삶아도 맛과 식감이 떨어진다. 장기간 보관할 경우에는 삶거나 생으로 냉동보관 한다.

곡식용 옥수수의 수확 제때는 품종과 재배환경에 따라 다르지만 출사 후 보통 60일 정도(옥수수 알의 수분 함량이 30% 이하)에 한다. 수분 함량이 높은 곡식용 옥수수는 수확 및 탈립 후 건조 과정을 거쳐야 하는데 건조에 노력과 에너지가 들어가기 때문에 수확 전 최대한 포장에서 말리는 것이 좋다. 수확 후 노지 및 건조기에서 수분 함량이 15.5%까지 건조해 보관한다. 간식용 풋옥수수의 수확 시기는 맛, 찰기, 단맛, 굳기 등을 고려하여 판단한다. 찰옥수수는 출사 후 25~27일 경으로 이삭 중간쯤의 알곡을 터트려 내용물이 약간 비칠 때 실시하는 것이 좋다. 수확 작업은 오전에 온도가 낮을 때 하는 것이 좋다.

옥수수를 수확한 후 단기저장일 경우에는 비닐에 싸서 냉장 저장하고 장기저장의 경우에는 냉동 저장하는 것이 좋다. 단옥수수의 경우에는 수확 후 시간이 지날수록 마르고 당이 전분으로 변하여 맛이 현저히 떨어지기 때문에 판매일 경우에는 특히 빨리 발송하여 소비하고 보관은 냉동 저장하는 것이 중요하다.*

완두

　　　　　콩과식물이다. 원산지는 지중해 연안으로 고대 그리스·로마 시대에 이미 재배되었다. 멘델이 실험에 이용한 식물로 유명하다. 높이 2m 정도이고 잎 끝은 덩굴손이 자라 받침대를 감아 올라가며 자란다. 꽃은 흰색·붉은색·자주색 등이며 늦은 봄에 핀다. 꼬투리에는 5~6개의 씨앗이 들어있다.

　토양은 물 빠짐이 잘 되는 질참흙이나 참흙이 적당하다. 산성에서 생육이 부진하므로 석회로 토양산도를 조정해준다. 파종시기는 중부지방은 3월 하순~4월 상순 씨 뿌려 7월에 수확하고, 남부지방은 10월에 씨 뿌려 이듬해 5~6월에 수확한다. 모종 재배는 128공 트레이에 2알씩 씨 뿌려 본잎이 5~6매 때 옮겨 심고 흙을 3cm 정도 덮는다. 육묘는 30~40일 걸린다. 포기 사이는 30cm면 적당하다. 관리상으로는 북을 죽고 받침대를 세워 줄이나 망으로 덩굴을 유인해주어야 한다.

　완두는 탄수화물이 주성분이며 단맛이 뛰어나고 단백질도 많고 어린 꼬투리에는 비타민도 풍부하다. 어린 꼬투리는 채소로, 잎·줄기는 가축의 사료로 이용한다. 어린 꼬투리의 수확은 종실이 굵어지기 전에 한다. 병충해로는 바이러스병, 갈색무늬병, 흰가루병, 뿌리썩음병, 완두콩바구미 등이 있다.*

쪽파

백합과에 속하는 인경채소로 뿌리로 번식하며 파와 분구형 양파의 교잡종이다. 봄재배와 가을재배가 있다. 봄재배는 4월 상순~5월 상순, 가을재배는 8월 중순~9월 상순에 씨쪽파를 심는다. 씨쪽파는 외피가 광택이 있고 종구가 단단하고 충실하며 병해충 흔적이 없는 것으로 5g 이상의 큰 것이 좋다. 작은 것은 2~3개씩 붙여 쪼갠다. 밭에는 산성토양을 싫어하므로 석회를 미리 준다.

골사이 20cm, 포기사이 10cm 정도로 하고 심고난 후 2.5cm 정도 흙으로 덮어준다. 잎이 3~4장 때 웃거름을 해주고 성장에 맞추어 북주기를 해가면 상품성이 좋은 쪽파를 수확할 수 있다. 씨 뿌린 후 약 40일 정도면 수확한다. 씨 쪽파로 쓸 것은 지상부 잎이 마르면 수확하여 잘 말린다. 병충해로는 노균병, 무름병, 흑반병, 고자리파리, 총채벌레 등이 있다.*

참깨

　　　　　　　인도, 아프리카 열대지역이 원산지로 참깨과 한해살이 식물이다. 생육력이 강하고 전국 어디에서나 재배 가능하다. 조미료, 볶음깨 등 식생활에 다양하게 이용되는 친근한 작물로 씨에는 45~55%의 기름이 들어있어 참기름을 짜 이용하고, 남은 깻묵은 사료 및 비료로도 유용하게 쓰인다.

　습기가 많은 환경을 싫어하므로 물 빠짐이 좋아야 한다. 토양에 거름기가 너무 많으면 아래 잎이 검게 죽고 웃자란다. 생육기간이 90~120일로 단기성 작물이다. 보통 5월 초중순 경에 심어 8월 하순이나 9월 초순 경에 수확한다.

　일반적으로 직파 재배한다. 줄뿌림이나 한 구멍에 4~5알 파종한다. 참깨는 굵은 뿌리 곁에서 잔뿌리가 나오기 때문에 옮겨 심게 되면 잔뿌리가 떨어져 생존율이 낮아져 바로 뿌리기가 유리하다. 경우에 따라 모를 키워 옮겨심기도 한다. 5월 초중순 경에 가뭄이 심하거나 앞 작물의 수확기가 늦어 파종이 늦어지는 경우가 대표적이다. 재배상자에 미리 씨앗을 뿌려 싹트기를 시킨 다음 어린 묘의 잎이 2~3개 정도 나오면 밭에 옮겨 심는다. 옮겨심기 때 잔뿌리가 끊어지지 않도록 주의한다. 옮겨심기 후에는 물을 충분하게 공급해주고 한낮의 온도가 높을 경우에는 차광망을 설치하여 잎의 증산량을 억제시켜 묘의 알맞은 수분을 유지시켜 준다. 자라면 지주대를 세워 줄을 매 쓰러짐을 방지해주는 것이 좋다.

참깨꽃

수확 시기는 맨 아래 꼬투리가 벌어질 때이며 베어 말린 후 깨를 털어 수확한다. 병충해로는 시들음병, 풋마름병, 진딧물, 거세미나방 등이 있다.*

■ 참깨 2기작 일반 재배 요령

참깨 농사를 1년에 두 번 지어 농가소득을 올리는 재배요령이다.

1기작 : 4월 상순 옮겨심기 ~ 7월(수확 7월 중순)

2기작 : 7월 중순 옮겨심기 ~ 9월(수확 9월 하순)

씨앗 품종은 생육 기간 90일 내외인 극조숙이나 조생종을 선택한다. 2기작은 직파로 하면 시기를 맞추기 어렵기 때문에 포트에서 육묘하여 옮겨 심는다. 1기작은 4월 상순경에 본잎 2장의 어린 묘를 옮겨심기하고 2기작은 7월 중순경에 옮겨심기하는 재배법이다. 파종은 바로심기 3주 전이다. 본 밭에 옮겨심기할 밭은 흑색 비닐로 바닥덮기하고 주간 25×10~15cm 간격으로 심는다. 2기작 참깨 옮겨심기는 1기작 참깨 대를 수확한 자리 옆에 구멍을 내고 심으면 된다.

참외

　　중앙아시아·인도·중국이 원산지인 박과 덩굴식물이며 독특한 향기와 맛을 지닌 대표적인 여름 과일채소다. 수분이 많고 이뇨작용과 변비, 피로회복에 도움을 준다. 여름철 고온을 좋아하기 때문에 이른 봄 일찍 심으면 저온 피해를 받는다. 물 빠짐이 좋아야 한다.

　　품종은 은천계통, 신은천계통, 금싸라기 은천참외계통, 황태자참외, 백금참외, 백참외, 개구리참외 등 다양하다. 수박과 재배법이 유사하다. 비옥한 토양이 좋기 때문에 거름을 충분히 준다. 노지재배의 경우 파종은 4월 중순, 바로심기는 5월 중하순이 알맞으며 7월에 수확하게 된다.[32] 모종은 본잎이 4장 정도가 나왔을 때가 좋다. 심는 간격은 줄기가 뻗어 나가도록 두둑폭을 1m 이상 충분히 확보하고 포기사이 50㎝ 정도로 심는다. 지주대를 이용하여 2줄로 재배할 경우 줄간격 100cm, 포기사이 40cm로 한다.

참외 줄기 관리

재배관리 상으로 순과 줄기 관리를 잘 해주어야 한다. 참외는 6월 중순이 되면 줄기가 빠르게 성장한다. 어미덩굴에서 본잎이 5장(4~5마디) 나오면 순을 질러준다. 순을 지른 줄기에서 곁순이 나오면 그 중 2개(아들덩굴)를 골라 키우고 나머지는 잘라준다. 아들덩굴을 기르면서 15~20마디에서 잘라준다. 아들덩굴이 자라면 다시 곁순(손자덩굴)이 나오는데, 5~6마디 아래에서 나오는 곁순은 모두 제거하고 다음에 나오는 곁순(손자덩굴)을 키

---

32) 모종을 길러 하는 조숙재배는 2월 하순~3월 상순에 파종하여 4월 중하순에 바로심기하고 6월 중순~8월 상순에 수확하게 된다.

우면 1~2마디에서 암꽃이 핀다. 참외는 손자덩굴에서 열매가 열리고 수박은 아들덩굴에서 열매가 열린다.

열매가 맺히기 시작할 때쯤 되어 제초와 함께 웃거름을 준다. 참외 아래에는 볏짚 등을 깔아주어 흙에 직접 닿지 않도록 해준다.

수꽃의 꽃가루를 암술에 수정시켜주면 좋다. 수분 방법은 수꽃의 꽃가루를 암술에 묻혀주면 된다. 참외가 달리면 햇빛을 잘 받도록 해준다. 수확은 열매달림 후 25~30일 경이다. 크기는 400~500g 정도가 좋다.

병해충으로는 노균병, 흰가루병, 덩굴쪼김병, 탄저병, 역병, 입고병, 진딧물, 응애 등이 있다.*

채심

　　　　　　　원산지가 유럽이며 중국요리에 많이 쓰며
중국, 대만, 홍콩 사람들의 최고의 건강 채소로 불린다. 채심은
꽃봉오리, 잎, 줄기를 쌈, 볶음이나 데침, 샐러드 등으로 이용한
다. 채소 특유의 맛이 있어 다른 요리 재료와 어울리고 비타민
과 철분, 칼슘은 물론 식이섬유도 많아 변비, 비만 예방에도 좋
은 채소이며 쌈으로도 이용되는 채소이다.

　물 빠짐이 좋은 토양이 좋으며 거름을 충분히 준다. 직파, 모
종 모두 가능하며 1m 정도의 평이랑에 주간 거리 20×20cm로
심는다. 생육 기간이 30~45일로 짧아 재배가 용이한 편이다.
재배 일정은 봄·가을 재배가 가능하다. 봄 재배는 4월 중순 씨
뿌려 6월~7월 중순 수확하고 가을 재배는 8월 중순 씨 뿌려
10~11월 수확한다.

　재배관리로는 꽃봉오리가 나오면 물과 양분관리를 하여 꽃대
를 잘 신장시키고, 꽃이 피기 전에 꽃대와 어린잎을 이용하며
다른 꽃대가 계속 올라오도록 한다. 고온기에 병충 발생할 경우
부직포나 한랭사를 이용해 피해를 줄인다.*

취

국화과 여러해살이 식물이며 꽃은 흰색이다. 전국 각지에 분포하며 생육환경은 반그늘의 습기가 많은 비옥한 토양에서 자란다. 참취는 취 가운데 으뜸으로 치는 유용한 식물로 어린잎을 취나물이라고 하며 나물이나 쌈으로 먹는다. 데쳐서 말려두었다가 수시로 나물로 무쳐 먹는데 이러한 방법으로 쓰이는 것을 묵나물(陳菜)이라고 한다. 정월 대보름, 설 등의 명절에 빠지지 않는 중요한 나물이다.

토양은 부식질이 풍부한 사양토가 적합하다. 직파와 육묘이식이 가능하다. 이른 봄에 포기나누기도 가능하다. 파종 요령은 10월경에 받은 씨앗을 바로 화분에 뿌려 싹을 키운 후 봄에 화단으로 옮겨 심거나, 냉장보관 후 이듬해 봄에 뿌린다. 파종 전 씨앗을 물에 불린 후 4℃ 냉장고에 15일 저장하여 저온 처리해야 싹이 잘 튼다.

육묘는 파종상자나 105공 트레이에 한다. 봄 파종은 3~4월, 가을 파종은 9~10월이다. 심는 거리는 약 20cm로 한다. 반그늘에 재배하기 때문에 30~50% 차광시켜준다. 햇빛을 많이 받으면 잎이 질겨지고 잎끝이 타 생육에도 좋지 않다.

한약재로도 유용하다. 뿌리를 늦가을 또는 이른 봄에 채취하여 햇볕에 말려 잘게 썰어 약재로 쓴다. 진통, 해독의 효능을 가지고 있으며 혈액순환을 촉진시키는 작용을 한다고 알려져 있다.

곰취

국화과 여러해살이 식물이다. 곰취라는 이름은 곰이 좋아하는 나물이라는 뜻에서 왔다고 하고 또는 곰이 살 정도로 깊은 산에서만 자란다고 하여 붙여졌다고 하며 웅소(熊蔬)라고도 한다. 재배법이 참취와 유사한 점이 많다.

번식은 포기나누기가 가능하며 3월 말경에 뿌리를 심는다. 직파와 육묘이식도 가능하다. 파종 요령은 10월경에 열리는 씨앗을 바로 화단에 뿌리거나, 냉장보관 후 이듬해 봄에 뿌린다. 파종 전 씨앗을 물에 불린 후 4℃ 냉장고에 15일 저장하여 저온처리해준다. 육묘방법은 파종 상자나 105구 플러그에 3~4월에 씨 뿌려 4월 중하순에 바로심기 한다. 심는 거리는 약 20cm로 한다. 서늘하고 습기가 많은 고산지대의 그늘진 곳에 자라는 산나물이기 때문에 재배 시 30~50% 차광시켜 반그늘 환경을 만들어 준다. 수확 시기는 잎이 어느 정도 자라는 4~5월이며, 1주당 2~3장을 남기고 연한 녹색의 잎을 수확한다.

어린잎은 쌈, 무침, 나물 등으로 이용되며 김치로 만들어 먹을 수 있으며, 무쳐 먹거나 튀겨 먹을 수도 있다. 5월 중순 이후 잎이 거세지기 시작하면 끓는 물에 살짝 데쳐 쌈 싸먹거나 초고추장을 찍어 먹기도 하고 억세진 곰취 잎으로 간장 또는 된장 장아찌를 담가 먹기도 한다. 곰취나물은 삶아 물에 담가 쓴맛을 우려내고 짠 후 참기름과 다진 마늘을 넣고 볶아 간장, 파, 깨소금 등으로 간을 맞추어 차곡차곡 펴서 담는다.

한약재로도 유용하다. 뿌리를 늦가을 또는 이른 봄에 채취하여 햇볕에 말려 잘게 썰어 약재로 쓴다. 진해, 거담, 진통 등의 효능을 가지고 있으며 혈액순환을 원활하게 해주는 것으로 알려져 있다.*

콩

텃밭 실습지에 심은 콩

　　　　한반도, 만주 일대가 원산지로 식생활과 밀접히 연결된 밭작물이다. 된장, 간장, 청국장, 고추장 등 장류의 재료이며 된장찌개를 비롯한 각종 찌개, 탕뿐 아니라 두부, 콩나물, 자반, 콩가루 등과 같은 반찬과 밥에 들어가는 밥콩과 떡고물에 이르기까지 폭넓게 활용되고 있다. 그러나 현재 콩 자급률은 10% 미만이다. 사료용 콩은 전량 수입되고 있으며 유전자변형(GMO) 콩의 유해성 문제가 우려와 사회적 논란이 되고 있다. 콩은 단백질의 중요한 공급원이다. 아미노산의 종류도 육류에 비해 손색이 없다. 콩에는 비타민 B군이 많고 콩나물에는 비타민 C가 풍부하다.

　　콩 품종은 황색콩(백태, 황태), 검정콩(흑태), 녹색콩(청태), 소립종(소두), 중립종, 대립종(대두), 동부, 완두, 강낭콩, 쥐눈이콩, 녹두, 팥, 땅콩 등으로 다양하며 장콩, 두부콩, 밥밑콩, 콩나물콩, 풋콩 등 용도에 따라 선택해 재배한다.

파종 시기는 일반적으로 5월 초순~6월 말이며 중부지역의 경우 단작은 5월 초순~6월 중순, 2모작은 감자나 마늘, 강낭콩, 쌀, 보리, 이른 채소 등을 수확한 후 6월이다. 서리태는 다른 콩에 비해 자라는 기간이 길어서 5월 하순~6월 초중순 경조금 일찍 심고 흰콩, 콩나물콩, 쥐눈이콩은 6월 초중순경에 심는다. 씨앗용 콩은 매년 정부에서 보급종을 생산해서 공급하고 있으므로 신청하여 심는 것이 좋다.

갓끈동부

육묘로 이식 재배하는 경우 바로심기 시기는 6월 초순~7월 초순이다. 트레이에 모종을 기를 경우 2~3주 걸린다. 50구 트레이 구멍에 1~2알씩 넣는다. 만약 6월 초에 바로심기를 한다면 5월 중순에 파종한다. 너무 일찍 심으면 콩잎만 무성해진다. 밭은 중성 토양으로 토심이 깊고 보수력이 높으며 석회, 칼리 함량이 높은 토양이 좋다. 콩은 공기 중의 질소를 이용하는 능력이 있어 지력 소모가 적다. 지나친 질소거름은 오히려 웃자라 수확이 떨어지고 심한 경우 농사를 망친다. 질소질 거름 대신 칼리와 인의 성분이 많은 나무

나 콩대를 태운 재나 숯가루, 쌀겨를 주면 좋다.

콩의 심는 거리는 60×20~30cm 정도로 2개체를 심고 이랑과 포기 간격은 품종, 토양 비옥도 등에 따라 조절해준다. 예를 들면 줄 간격을 메주콩은 65~70cm, 검정콩은 75~80cm로 하고, 포기 사이는 메주콩은 20cm, 검정콩은 25~30cm 정도로 한다. 일찍 심을 경우는 다소 넓게, 늦게 심을 경우는 간격을 다소 좁게 심는 것이 수량을 올리는 데 유리하다. 단작으로 일찍 파종할 경우에는 영양 생장이 길어져 무성하게 자라게 되므로 이랑폭 60cm에 포기사이 25~30cm 정도로 하고 이모작으로 심을 경우에는 이랑폭 60cm에 포기사이 20~25cm로 한다. 한 포기당 2개체를 심는 것이 일반적이다.

재배관리로는 북주기와 순지르기(적심), 제초, 관수 등이 필요하다. 장마철 호우도 생육에 부정적 영향을 끼치며 비둘기, 꿩, 까치, 고라니 등의 동물 피해도 적지 않다.

순지르기를 해준다. 순지르기는 생장점이 있는 줄기의 윗부분을 제거해 주는 작업으로 본잎 6~7매가 난 7월 상중순, 첫 꽃피기 10일 전에 실시한다. 순을 질러주면 아래 마디에서 줄기가 분화하여 꽃이 많이 피어 수확량이 증대되지만 꽃이 피기 시작하면 하지 않는다.

북주기는 물 빠짐을 좋게 하고 토양의의 통기성을 높여, 새 뿌리의 발생을 많게 해주어 생육과 결실에 이로우며 콩의 쓰러짐도 막아주고 수량 증대 효과가 있다. 노지재배는 김매기를 해주면서 2~3회 북주기를 한다. 김매기와 북주기 작업은 꽃피기 이전에 해주는 게 좋다.

콩꼬투리가 달리기 시작할 때부터는 병해충 방제에 노력해야 한다. 병해로는 콩모자이크병, 노균병, 탄저병 등이, 충해로는 노린재, 콩나방, 진딧물, 굴파리, 28점무당벌레 등 피해가 발생한다. 특히 7~9월 상순에 노린재 피해가 크다. 그중 피해가 심한 노린재는 톱다리허리노린재로 흰콩과 서리태가 피해를 많이 입는다. 페르몬 등의 유인제를 이용한 트랩을 설치하여 포획한다. 구하기 쉬운 자재를 재활용하여 직접 만들 수 있다. 페트병 2개를 준비하여 주둥이와 밑둥을 자른 다음 반대 방향으로 주둥이를 몸통에 결합시킨다.

몸통을 짧으면 두 개를 연결하면 된다. 주둥이 부분에 작은 구멍을 여러개 뚫고 통 안에 노린재가 좋아하는 국 멸치 머리와 내장 부분을 넣고 노린재가 나오는 곳에 설치한다.

수확 시기는 잎이 누렇게 변하여 떨어지는 10월 초~11월 초이다. 콩 꼬투리가 잘 터지는 품종은 수확 시기를 잘 맞춰야 한다. 꼬투리의 80~90%가 성숙된 색깔로 변하면 베어 작은 단으로 묶거나 깔아 말린다. 수확 전후 비를 맞지 않도록 한다. 수확 후 수분 함량은 14% 이하이며 서늘한 곳에 보관·저장 하고, 1년 이상 장기 보관할 때 환경은 온도 5℃ 이하 습도 60% 이하, 수분 함량은 10% 이하가 좋다.

녹두(綠豆)

봄녹두는 4월 중하순, 그루녹두(여름녹두)는 보리 수확 후 6월 하순~7월 중순에 50~20cm 간격으로 심는다. 씨는 녹색이 많다. 꽃은 노랑색으로 8월에 핀다. 창포, 빈대떡, 떡고물, 녹두죽, 칼국수, 당면, 닭죽, 차, 술(녹두주) 등에 두루 이용한다.

강낭콩

파종 시기는 4월하순~5월이며 모종은 4월 중순에 뿌려 5월 중순에 바로심기 한다. 씨앗은 종자소독 후 심는다. 보통 콩과 달리 질소 요구량이 높다. 수확 6월 상순~7월이다. 두둑 폭 100~120cm, 포기간격 50×30~35cm로 하여 2~3알씩 심어 1~2포기를 재배한다. 작은 왜성, 덩굴성, 중간형 등이 있으며 종실용, 청실용, 꼬투리용이 있다.

논두렁콩

말 그대로 논 주위 두둑에 심는 콩 재배다. 주위작이라고 한다. 논두렁이라고 무시할 것이 아니다. 논을 한바퀴 돌려 심으면 생각보다 넓은 면적이며 생산량도 예상외로 많다. 논 옆이라 가뭄 피해도 없고 통풍·통광도 좋으며 병충해도 상대적으로 적다. 논두렁 여유를 보아 좁으면 1줄, 넓으면 50cm 정도의 줄간격으로 심는다.*

토마토

　　　　남아메리카　서부　고원지대(페루,에쿠아도르,
남미잉카)가 원산지로 가지과 작물이다. 원래 여러해살이 식물이
지만 우리나라에서는 겨울을 나지 못해 한해살이로 재배한다.
항산화물질, 리코펜 등이 풍부하여 영양과 요리재료로 중요한
작물이며, 처음 농사에 접근하는 초보자나 학생들에게 재배법과

관리 요령을 익히는 데에 아주 적합한 작물이기도 하다. 일반토마토와 방울토마토는 재배관리상 공통점이 많다.

촉성재배(10월 하순~11월 하순), 반촉성재배(12월 하순~2월 상순), 조숙재배(5월 상하순), 노지억제재배(5월 중하순), 수경재배 등 여러 재배양식이 발달해있고 연중 재배되는 작물이 되었는데 여기에서는 조숙재배 경우를 서술한다.

물 빠짐이 좋고 거름진 토양이 좋으므로 밭을 만들 때 밑거름을 충분히 주고 생육기간 중 웃거름을 나누어 준다. 모종을 기르는 경우 파종 후 육묘기간이 70~80일 정도로 길다. 육모시 야간온도를 12℃ 이상 유지해 준다. 기온이 30℃ 이상이거나 밤에 13℃ 이하일 때 생육과 열매달림에 장애가 올 수 있다.

토마토는 대개 모종을 구해 재배한다. 모종 심는 시기는 품종이나 재배형태에 따라 차이가 있지만 노지의 경우 알맞은 시기는 4월 말~5월 초 경이다. 본잎이 7~9장 피고 첫꽃이 달린 모종이 알맞다. 심고 2개월 정도 지나면 아래 토마토부터 차례로 성숙되어 수확할 수 있다. 첫 꽃이 피지 않은 어린 묘를 심거나 너무 늦게 심으면 뿌리 활착이 늦어 초기 생육이 좋지 않다. 바로심기 간격은 품종이나 재배 목적, 토양의 비옥도 등에 따라 다소 달라질 수 있으며 90×35~45cm 정도로 한다. 연작을 피하고 3년 간격으로 돌려짓는 것이 좋다.

토마토는 다른 작물에 비해 병이나 충해가 심하지 않은 편이다. 그러나 순, 잎, 꽃, 열매를 세심하게 관리를 해주어야 한다. 그렇지 않으면 줄기가 어지럽게 우거져서 제대로 관리할 수 없으며 수확과 품질을 기대하기 어렵다. 따라서 바로심기 후 순, 잎 등을 관리하고 1.8~2m의 지주대를 세워 원줄기를 유인해준다. 실내나 시설재배에서는 천정에 유인줄을 달아 지탱해준다.

1) 순치기(적아) : 첫 번째 송이에서 꽃망울이 피기 시작할 무렵 원래의 줄기와 가지 사이에 곁순이 나온다. 곁순을 방치하면 너무 무성하게 자라고 열매가 작아지고 또 맛도 없어지기 때문에

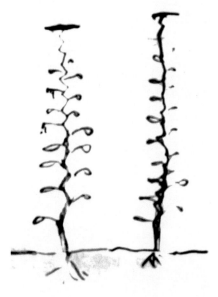

따준다. 손으로 밀어서 따준다.

2) 순지르기(적심) : 8~9절에 제1화방이 달리고 3엽씩 전개됨에 따라 화방이 발생한다. 수확 종료 예정일 50여일 전에 마지막으로 수확할 화방의 위에 있는 잎 2개를 남기고 원줄기를 잘라준다.

3) 잎따주기(적엽) : 지나치게 잎이 무성해지면 빛이 부족하고 통풍이 잘 되지 않아 열매달림이 안될 뿐만 아니라 착색과 맛도 떨어진다. 잎을 정리해주는 것이 좋다. 수확을 완료한 화방 아래의 잎, 특히 1화방 밑의 잎은 제거하는 것이 과실비대에 좋고 진딧물 등의 방제에

도 효과적이다.

3) 열매솎기(적과) : 일반
토마토의 열매달림 수는
품종이나 모기르기 조건
에 따라 한 화방에 10여
개의 꽃이 피어 모두 열
매가 달리거나 또는 낙
화·낙과가 일어나 거의
열매가 달리지 않는 경우
도 있다. 일반적으로 하
단에서는 착화 수가 적어
대과가 되기 쉽고, 상단

에서는 소과가 되기 쉽다. 보편적으로 하단 화방에는 4~5개,
상단에는 초세가 약해지므로 3~4개 열매가 달리도록 해주는 것
이 바람직하다. 열매와 줄기의 균형도 맞추어 준다. 줄기가 가
늘어지면 열매 숫자를 줄여주고 줄기가 굵어지면 1개 정도 더
달려도 좋다. 방울토마토는 보통 열매솎기를 하지 않는다.

토마토는 여름철부터 가을까지 열매가 달리는 식물이기 때문
에 웃거름을 주어야 한다. 바로심기 후 2개월쯤 1차 웃거름을
주고 이후 약 한달 간격으로 퇴비나 액비를 준다. 열매는 꽃이
핀 후 4~5일부터 25~26일 사이에 빠르게 성장하여 당분 함량
이 증가하면서 대체로 개화 후 40~50일이면 고유의 색깔이 착

색되어 성숙된다.

생리장해와 병해충에 대한 대책도 중요하다. 온도가 너무 높거나 낮으면 낙과, 열과, 기형과가 발생한다. 생리 장애로는 배꼽썩음과, 공동과, 기형과, 창문과, 줄썩음과, 열과, 착색불량과, 그물과 등이 있다. 이중 노지에서 자주 발생하는 열매가 갈라지고 터지는 열과는 건조한 날이 계속되다 비가 오거나 장마기에 많이 발생한다.

주요 병충해로는 잿빛곰팡이병, 역병, 풋마름병, 시들음병, 온실가루이, 파밤나방, 복숭아흑진딧물, 굴파리 등이 있다.*

해바라기

        멕시코, 페루, 중앙아메리카가 원산지다. 아스텍족은 해바라기를 숭배의 대상으로 여겼다고 한다. 피자식물로 한해살이 국화과 식물(학명 : Helianthus annuus L.)이다. 한자로 향일규(向日葵), 향일화, 규곽(葵藿), 규화(葵花) 등으로 부른다. 영어로는 sunflower라고도 부른다. 꽃말은 '동경, 숭배, 의지, 신앙'이다.

  해바라기가 언제부터 인류와 가까워졌는지 모르지만 약 2~3천 년 전부터 북미 인디언이 식량 작물로 해바라기를 재배하기 시작했다고 한다. 16세기에 유럽에 도입되었고 러시아, 동유럽 등 세계로 전해졌다. 해바라기속 식물은 전 세계에 약 100여 종으로 아메리카에 많이 분포하며 관상용, 화훼용, 농작물용 등으로 종류가 많다.

꽃색이 주로 노랑색이지만 분홍, 갈색, 빨강, 복합색 등도 있다. 키가 2m 이상 자란다. 원산지에서는 최대 4~8m까지도 자란다. 관상·조경용으로 많이 이용하는 키가 1m 미만인 왜성 해바라기도 있다. 해바라기속의 식물로 돼지감자로 불리는 뚱딴지도 있다. 국화과 식물들은 사람에게 여러 이로움을 준다.

잎은 대형이고 어긋나며 달걀 모양으로 가장자리에 톱니가 있다. 꽃은 8~9월에 피며 지름은 30cm까지도 자란다. 가장자리의 혀꽃(설상화)은 밝은 노랑색이며 수술과 암술이 퇴화하여 꽃잎만 있다. 가운데 대롱꽃(관상화)는 갈색 또는 황색이며 암술과 수술이 있다. 꽃에 꿀이 풍부하여 벌이 많이 날아온다.

씨를 1천 알 정도 맺는다. 씨들이 나선형으로 배열된 모양이 신비하다. 이를 '피보나치 수열'로 풀이하는 사람도 있다. 씨는 새들이 좋아한다.

우리나라 기후에 맞아 각지에서 재배할 수 있다. 토질은 햇볕이 잘 들고 물빠짐이 좋아야 한다. 주로 씨앗으로 번식한다. 육모판에서 모를 길러 밭에 이식하거나 직파한다. 파종기는 4~5월이며 직파할 경우 한 구멍에 2~3알을 넣고 나중에 솎아준다. 재배 간격을 여유있게 잡는 것이 좋다. 밑거름과 웃거름을 주고 자라면 튼튼한 받침대를 세워주면 좋다. 키가 큰데다가 열매가 달리면 무게를 이기지 못하거나 비가 많이 오는 장마철이나 바람이 심할 때는 잘 부러진다.

가을에 씨가 익으면 꽃송이를 따서 볕에 말린 후 씨앗을 고른다. 해바라기 씨 기름은 필수 지방산이 풍부하고 오메가-6의 함유량이 높다. 꽃, 열매, 잎, 줄기의 속 및 뿌리는 약용으로도 이용된다. 반듯하고 굵기가 알맞은 것은 퉁소를 만들어 불 수도 있다.

해바라기는 문화적으로 인기가 높은 식물이다. '빈센트 반 고흐'의 해바라기 그림이 유명하다. 우리나라 인기가수 〈해바라기〉가 있고 그 외에도 해바라기 이름을 붙인 모임이나 단체들의 문화가 많다.*

호박

박과로 자웅동주 덩굴성 한해살이 식물로 중남미의 멕시코, 페루 등이 원산지다. 따뜻한 기후를 좋아하며 서리에 약하고 물 빠짐이 좋은 토양이 재배에 유리하다. 품종으로 단호박, 맷돌호박, 애호박, 풋호박, 주키니, 재래종 등이 있다. 재배유형으로는 촉성재배, 반촉성재배, 조숙재배, 여름재배, 억제재배 등이 있다. 노지에서는 일반적으로 여름재배가 행해지며 4월 초순~5월 중순 사이에 씨 뿌려 6월 하순~8월 하순에 수확한다. "호박이 넝쿨째 굴러 들어왔다"는 말에서처럼 호박은 생활과 밀접한 작물이다.

모기르기 하는 경우 32
공 트레이나 작은 포트에
씨 뿌려 20~30일 육묘한
다. 본잎 5~6장 때 6월
상순~6월 하순 경 바로
심기 한다. 3월 하순에서
4월 상순 사이에 씨 뿌려
온상 육묘한다.

호박 모종

서리의 위험이 없는 노지재배를 위해서는 남부지방은 5월 상
순, 중부지방은 5월 중순 경에 바로심기 한다. 바로심기는 싹트
기 후 50~55일 본잎이
5장 정도일 때가 적당하
다. 심는 거리는 덩굴이
많이 뻗는 동양종과 덩굴
이 뻗지 않는 페포종에
따라 다르다. 덩굴이 뻗는
풋호박이나 애호박은 1.5

~1.8m×0.6~0.9m로 페포종은 1.2~1.5×0.6~0.9m로 심는
다 (심는 거리는 덩굴성은 1.5×0.45~0.6m, 비덩굴성은 1.0~
1.5×0.4~0.6m이다). 재배하는 품종은 3종류이다.

우리나라에서 재배하는 호박은 중앙아메리카 또는 멕시코 남
부의 열대 아메리카 원산의 동양계 호박(C. moschata), 남아메

리카 원산의 서양계 호박(C. maxima), 멕시코 북부와 북아메리카 원산의 페포(C. pepo)의 3종이다. 역사가 가장 오래된 것은 한국에서 예부터 애호박, 호박고지용, 호박범벅 따위로 이용해온 동양계 호박이다. 그 후 단호박, 쪄먹는 호박 또는 밤호박으로

불리는 주로 쪄서 이용하는 서양계 호박이 도입되었다. 제2차 세계대전 후 조숙재배용이나 하우스 촉성재배용으로 이용된 호박, 곧 주키니 호박이라 불리며 덩굴이 거의 뻗지 않는 애호박용의 페포계 호박이 도입되었다.

관리상으로는 대개 순지르기를 하여 줄기를 유인해주어야 한다. 애호박이나 풋호박은 덩굴성이므로 어미덩굴과 2~3개의 아들 덩굴을 기르는 방법과 어미 덩굴을 바로 심기 전 어릴 때 순지르기를 하여 아들 덩굴 3~4개를 키우는 방법이 있다. 아들덩굴은 3~5마디 사이에 나오는 세력이 좋은 것을 키우고 다른 것들은 제거해 주는 것이 좋다.

- 모샤타(Moschata)계통 : 암꽃이 10 마디 내외에서 착생하며

그 후 3~4 마디마다 암꽃이 달린다. 5~6 마디에서 순지르기를 하여 좋은 덩굴 2줄만 키우고 나머지는 제거하는 것이 좋다.

- 맥시마(Maxima)계통 : 덩굴의 14~18 마디에 암꽃이 착생한 후 4마디에 2번째 암꽃이 달린다. 어미덩굴과 2~3개의 아들덩굴을 기르거나 어미덩굴을 바로심기하기 전에 순지르기하여 아들덩굴 3~4개를 키운다.

- 페포(Pepo)계통 : 호박은 대개 덩굴성이나 페포계는 덩굴을 뻗지 않고 군생한다. 품종으로 주키니 호박이 있다. 이 호박은 유인을 하지 않아도 된다.

호박은 한 그루에 암·수꽃이 따로 피기 때문에 인공수분 해주면 잘 열린다. 암꽃 착생은 8시간 정도의 단일조건에서 촉진되며, 고온 및 질소 과다에 의한 암꽃 분화가 늦어질 수 있다. 비가림 재배 시 노지재배 대비 증수 효과가 있으며 최근에는 정형과 생산과 품질 향상을 위해 봉지를 씌워 키우는 재배가 확산되었다. 웃거름은 3주 간격으로 3회 정도 준다. 수확은 청과용인 주키니, 애호박, 풋호박은 열매달림 후 10일 정도면 가능하며 숙과용 호박은 개화 후 35~50일 지나 황색이 된 것을 수확한다. 호박 소비량은 애호박이 많으며 단호박도 수요가 늘어났다. 호박은 조리가 다양하고 가공 분야가 의외로 넓다. 호박꼬지, 떡, 엿, 죽, 조림, 가루 등으로 두루 활용된다. 병해충으로는 모잘록병, 흰가루병, 덩굴마름병, 역병, 노균병, 진딧물, 응애 등이 있다.*

허브식물

　　허브(herb, aromatic plant)는 일반적으로 인간에게 유용하게 사용되는 향기가 있는 식물이다. 유용식물자원으로 잎, 줄기, 꽃을 이용하며 차, 향신료, 요리재료, 방향용품, 아로마테라피, 약용 등 여러 용도로 이용된다. 국화과, 미나리과, 꿀풀과, 겨자과, 백합과 등 식물에 많다. 식물에 따라 안정 및 진정, 긴장 완화, 불면, 원기 증진, 혈액순환 등 효과가 있다. 초밥, 술, 쨈, 버터, 떡, 샐러드, 과자, 케익 등 각종 요리에도 널리 이용된다. 최근에는 식용화(edible flower)라 하여 먹을 수 있는 꽃으로도 재배된다.33) 허브 식물은 우리나라에도 많은 종류가 자생하고 있다. 여기에서는 해외로부터 유입되어 재배하고 있는 비교적 귀에 익숙한 식물을 소개한다.

허브	원산지 과목	번식	재배특성	이용 부위	용도
라벤더	지중해연안, 미나리과 한해살이	파종 꺾꽂이	강한 햇빛 요구. 서늘한 기후. 습기 고온에 약하다	꽃 잎 줄기	관상, 차, 향, 향주머니, 미용, 염료

---

33) 향: 라벤더,로즈마리,체리세이지,파인애플세이지. / 요리: 차이브,카렌튤라, 한련화,샤프란,파인애플세이지. / 꽃: 베르가못,램즈이어,카렌튤라,한련화, 체리세이지,잉글리쉬라벤더,프렌치라벤더 / 차: 카렌튤라,체리세이지,레몬 버베나,로즈마리,라벤더.

로즈마리 Rose mary	지중해지역, 꿀풀과 여러해살이	파종 꺾꽂이	강한 햇빛 요구. 월동 안됨. 적정 온도는 보통	꽃잎 줄기	관상, 향, 향주머니, 화장품, 미용, 염료
마조람	유럽서부 지중해연안 꿀풀과 여러해살이	파종 꺾꽂이	강한 햇빛, 월동 가능	꽃잎 줄기	관상, 차, 요리, 향, 향주머니, 미용, 염료
차이브	시베리아 유럽 일본 북해도 백합과 숙근성34)	파종	햇빛 보통 월동가능 적정온도 보통	꽃잎 줄기	관상, 요리
캐모마일	유럽 국화과 여러해살이	파종 포기나누기	햇빛 보통 적정온도 보통이며 월동가능하나 저온에 약함	꽃	관상, 차, 향, 향주머니, 미용, 염료
타임	유럽남부 지중해연안 꿀풀과 여러해살이	파종 꺾꽂이	강한 햇빛 요구. 월동가능 고온성으로 저온에 약함. 백리향과 비슷. (커먼, 골든, 실버, 레몬 등)	꽃잎 줄기	관상, 차, 향, 요리, 향주머니, 미용, 염료
민트	남아메리카, 고추나물과 여러해살	파종 꺾꽂이 포기나누기	햇빛 보통 적정온도는 보통 이며 추위에 약 하고 고온을 싫어함	꽃잎 줄기	관상, 차, 요리, 향, 향주머니, 미용

	이		(페퍼,스피어,초코,파인애플민트 등)		
스테비아	파라과이 국화과, 여러해살이	꺾꽂이 저장뿌리	아열대성 실내 월동가능	잎	설탕 대체, 감미료
한련화 Nasturtium	남미 페루 국화과 한해살이	파종	사늘한 기후 고온에 약하다	잎 꽃 열매	관상, 차, 요리, 향신료
금잔화 Calendula	지중해 연안. 국화과 한해살이	파종	햇빛 보통 온실 년중 재배 가능 적정온도 보통	꽃	관상,차, 향 주머니,미용, 약용
레몬밤	유럽남부 서아시아, 꿀풀과 여러해살이	파종 꺾꽂이	햇빛 보통 월동가능 적정온도 보통	잎 줄기	차,요리, 향, 향주머니, 미용,염료
타라곤	유럽동부 서아시아. 꿀풀과 여러해살이	파종 꺾꽂이	강한 햇빛 서늘한 장소 월동가능	잎 줄기	차,요리, 향, 향주머니

---

34) 해마다 묵은 뿌리에서 움이 다시 돋는 식물

약용식물

산수유 열매

약용식물은 식물 전체 또는 잎, 줄기, 뿌리, 씨 등과 그 추출물을 약으로 이용하는 식물이다. 보통 초본류와 목본류로 크게 나누고 이용도를 중심으로 씨앗, 뿌리, 열매, 껍질, 잎, 줄기, 전초 등으로 구분하는 것이 일반적이다.

■ 약용식물 분류

초본류　한해살이 : 바질　/ 두해살이 : 파슬리

　　　　여러해살이 : 민트

여러해살이뿌리(숙근류) : 감초, 당귀

알뿌리(구근류) : 반하, 택사

　뿌리줄기(근경류) : 삽주, 향부자

목본류　　상록수 : 동백, 감귤

낙엽수 : 목단, 산수유, 두충

- 이용부위

껍질 : 구기자, 오가피, 목단, 두충

뿌리 : 당귀, 황기, 작약, 독활, 더덕, 맥문동, 석창포

잎 : 감, 뽕 / 꽃 : 홍화

열매 : 구기자, 오미자, 산수유

씨앗 : 결명자, 율무

전초 : 익모초, 쑥, 박하

- 과별 분류

국화과 : 홍화, 캐모마일 / 미나리과 : 파슬리, 코리안더

꿀풀과 : 로즈마리, 라벤더

겨자과 : 유채, 브로콜리, 양배추, 크레송

백합과 : 맥문동, 알로에, 차이브 / 콩과 : 감초, 결명자, 황기

아욱과 : 목화, 무궁화, 말로우, 부용, 접시꽃

산형과 : 강활, 고본, 당귀, 시호, 갯기름나물

초롱꽃과 : 도라지, 잔대, 더덕 / 천남성과 : 부자, 창포, 반하

식물 이름	재배환경	채종 번식	재배특성	이용 부위	용도
강활	서늘한 기	직파, 육묘,	직파재배시	뿌리	진경,

	후 중북부 고랭지 약간 그늘진 곳	노두 번식. 9월 중하순 채종 하여 노천 매장 후 저온초리 후 파종	2년 재배	줄기 및 뿌리	진통, 신경통
고본	서늘한 기후	직파(가을, 봄), 육묘	육묘이식 재배로 2년생 끈 수확 향기와 색소가 좋다	뿌리	술, 차
땅두릅 (독활)	햇볕 잘 드는 어느 곳에서나 가능	파종, 삽목, 포기나누기	바로심기 2년 후부터 수확	뿌리, 어린 잎과 줄기	뿌리: 약재 잎과 줄기: 채소
잔대	햇볕 잘 드는 물빠짐 좋은 비옥한 사양토	미세종자 주로 직파재배	파종 후 2~3년 이후 수확	뿌리	거담, 해독
잇꽃 (홍화)	열대성 작물	직파	꽃은 선홍색일 때 수확, 씨앗은 베어 말려 턴다	씨앗, 꽃	혈액순환, 해독, 꽃 술 담근다
시호	통풍 잘되고 햇볕 잘 드는 곳	여러해살이 종자번식	파종또는 이식한 해에 수확 가능	뿌리	해열, 진정, 진통, 항균
갯기름	물빠짐 좋	종자번식	11월 중순	뿌리	해열,

나물	고 습기유 지되는 양 토	직파,육묘이 식재배	이후 수확		진통, 이뇨
작약	서늘하고 수분이 적 당하며 물 빠짐 잘 되는 사양 토	종자번식, 포기나누기	심은 지 3~ 4년 수확	뿌리	관상, 약용
황기	물 빠짐, 보수력 좋 은 부식질 많은 식양 토	2~3년생 건실한 포기 에서 채종. 종자번식	식품용은 당 년에도 수확 하며 약용은 3년근 이용	뿌리	식용, 강장, 이뇨, 항균
맥문동	햇볕 잘 드는 곳. 내한성	종자번식. 포기나누기	번식을 포기 나누기로 하 면 당년 수 확 장점. 다 음해 3~4월 수확	뿌 리 대 팽 부	해열 소염, 이뇨, 강장, 항균
석창포	습기 많은 물가 그늘 진 곳	2~3년 생 의 새로 뻗 은 뿌리 줄 기를 나누어 번식	2~3년 후 늦가을~다음 해 봄 뿌리 수확	뿌 리 줄기	진정, 건위, 이뇨
둥글레	산야지 음 지. 건조, 과습을 피 한다	종자와 종근 으로 번식	종근 심은 지 3~5년에 수확	뿌리 줄기	허약, 강심 해열, 갈증
율무	일조가 긴 지역. 사 양토	중부지방 4 월 하순 파 종	9월 하순~ 10월 중순 수확	씨앗	식용, 약용

152

벼농사 · 소로리 볍씨

　　　　　지역에 따라 벼는 '나락', '베'라고도 부른다. 한국인의 주곡이다. 전체 경지면적 158만ha 중 논 면적은 78만ha이다(2021년). 쌀 생산량은 388만 톤(2021년)이며 1인당 연간 쌀소비량은 56.9kg(2021년)이다. 논면적, 쌀의 생산량과 소비량 모두 해마다 감소하고 있다. 쌀 소비량이 가장 많았던 해는 1970년으로 136.4kg이었다.[35] 소비량이 줄고 있어도 한국인의 주식·주곡으로 고픈 배를 채우는 작물은 여전히 쌀이

---

[35]　쌀생산량(2015~2021년) : 433→ 420→ 397→ 387→ 374→ 351→ 388만 톤 / 1인당 쌀소비량(2013~2020년) : 67.2→ 65.1→ 62.9→ 61.9→ 61.8→ 61.0→ 59.2→ 57.7→56.9kg

다. 주곡이라는 것은 나라로 말하면 주권 같은 것이어서 주곡이 무너지면 나라가 위태롭다. 선진국 대부분이 식량을 자급하고 있고, 자급이 안 되는 나라는 자급률을 올리는 장기정책을 꾸준히 시행하고 있음을 보면 우리나라가 쌀 정책을 어떻게 가져가야 할지는 명확히 드러난다. 2015년부터 쌀수입이 개방된 시점에서 쌀이 그나마 오롯이 지켜왔던 주곡의 앞날이 불안하다. 벼 3포기에서 쌀이 약 3~4천 톨 나온다. 대략 한공기 양이다. 쌀 한 말(8㎏) 생산에는 논 6평이 필요하다. 식생활의 변화로 많이 줄어들어 한 사람이 대략 50~60㎏ 소비한다.

　이외에도 논은 물방개, 소금쟁이, 수생식물 등 300여 종이 넘는 생물들의 서식지일 뿐만 아니라 홍수조절, 지하수 함양, 대정화, 수질 정화 등을 비용으로 환산하면 약 60조 원으로 평가한다.

벼농사 일머리

벼농사는 4월에 시작된다. 모내기 철인 5월 중순~6월 초순에 맞춰 모를 내려면 먼저 볍씨를 고르는 것이 일머리다(양은 4~5㎏/300평). 씨고르기(선종)는 소금물을 이용한 염수선(鹽水選,비중선) 방법으로 하는데 물 한말(18ℓ)에 소금 약 4.5㎏을 비중이 1.13 되도록 녹여 볍씨를 담근 다음 물 위로 뜬 것은 건져내고 가라앉은 볍씨를 이용한다. 알차고 충실한 씨앗을 골라내는 과정이다. 씨앗량은 3㎏/300평 정도다. 고르는 시간은 3~5분 이내 정도로 마치고 물로 소금기를 세척해 준다. 염수선은

육모 중인 벼

건묘율을 높이며 모도열병, 입고병, 심고선충병에도 방제 효과가 있다.

☞ 비중 : 벼·보리 1.13 밭벼 1.08~1.10 밀 1.22 몽근메벼 1.13 까락있는 메벼 1.10 찰벼 밭벼 1.08.
☞ 품종 : 다양한 품종이 분화되어 있다. 올벼, 중생벼, 늦벼, 찰벼, 메벼, 밭벼, 추청벼, 다마금(자광벼), 돼지찰벼, 조도, 족제비찰벼, 녹미, 흑미.
기능성 쌀 : 백진주(당뇨), 설갱(쌀누룩,양조), 고아미2호(변비,다이어트), 영안(영양건강식,유아식용)

골라낸 볍씨는 다시 씨앗소독 과정을 거쳐야 한다. 볍씨의 곰팡이, 세균 등을 파종 전에 소독해줌으로써 건강한 모를 기르기 위해서다. 그동안 볍씨 소독은 화학농약(씨앗 소독약제)으로 소독해 왔지만 친환경 벼농사는 그러한 약제를 사용할 수 없다. 친환경 벼농사의 볍씨 소독은 '냉온탕선종법(cold&hot water treatment)'을 많이 이용하고 있다. 키다리병, 선충병, 입고병, 도열병 등에 방제 효과가 있다.36)

1) 20℃ 이하 냉수에 6~24시간 담근다.
2) 62℃ 물에 10분 담근다. (온도, 시간이 농가에 따라 조금씩 차이가 있을 수 있다)
3) 지하수 등 상온수에 담가 식혀준다.

이렇게 냉온탕 소독을 마친 볍씨는 싹트기에 필요한 수분을 흡수하도록 물에 푹 담그고 물을 매일 갈아준다. 씨담그기 기간은 온도에 따라 달라지는데 적온으로 100℃ 정도가 필요하다. 예를 들면 평균기온이 20℃라면 5일 정도 담근다. 씨담그기로 물을 충분히 흡수한 볍씨가 싹을 틔우면 물을 빼고 그늘에 보관했다가 파종에 들어간다. 수도용 상토를 담은 모판상자 한 판에 약 110~130g(관행), 70~100g(유기)의 볍씨를 뿌리고 상토를 가볍게 덮은 다음 물을 충분히 뿌려주고 육모에 들어간다.

모내기에서 부르는 상사소리와 농부가

벼농사에 빠질 수 없는 문화가 있으니 모내기다. 지난 농경사회에서

---

36) 다른 볍씨 소독법 : 황토유황합제, 석회유황합제, 목초액, 식물추출물 등을 이용한다. 자재의 희석비와 시간은 제품과 품목에 따라 다를 수 있으니 확인하여 사용한다.

모내기는 가장 중요한 마을 행사였음은 말할 것 없겠지만 모심기 노동이 완전히 기계에 의존하기 전에는 꽹과리, 태평소, 장구, 북 등 풍물을 치며 공동으로 함께 모내기를 했다. 논바닥에 모를 내놓으면 여러 농부가 가로로 늘어서 못줄 움직임에 맞춰서 한모한모 논에 모를 꽂아 가는데, 여기에서 빠지지 않는 노래가 '농부가'다. 농촌에서는 이앙기로 모내기를 해버리니 못줄 잡으며 한자락 농부가를 할 일이 없어졌다.

반면에 도시에서는 한두 마지기 정도 좁은 논에서 직접 손모내기를 하며 농부가를 부르기도 하며 전통농업문화를 경험한다. 벼 재배교육과 체험이 이루어지고 풍물 장단에 어울려 민요를 부르며 흥에 넘쳐 모내기를 한다. 농부가는 우리 전통 가락인 삼박으로 중모리,

중중모리, 자진모리 가락으로 되어있다. 모를 심다 한 농부가 허리를 펴고 아니리를 하며 농부가를 시작하자 매기고 받으며 아리랑, 모심기 노래, 농부가가 이어진다.

이때는 어느 땐고 허니 오뉴월 농번 시절이라 마을 농부들이 보리밥 막걸리를 배불리 먹고 상사소리를 허여 가며 모를 심는 디~

〈중모리〉
두리둥둥 두리둥둥 깨갱매 깽매 깽매 어럴 럴 럴 상사듸여
여~ 여~ 여허~ 여허루 상사듸여
여보시오 농부님네 이내 말을 들어 보소 어어화 농부들 내말 듣소

1. 전라도라 허는 디는 신산이 비친 곳이라
저 농부들도 상사소리를 매기는디
각기 저정거리고 더부렁 거리네
2. 남훈전 달 밝은 디 순 임금의 놀음이요
학창의 푸른 대솔은 산신님의 놀음이요
오뉴월이 당도허면 우리농부 시절이로다
패랭이 꼭지에다 가화를 꼽고서 마구잡이 춤이나 추어보세
3. 신농씨 만든 쟁기 좋은 소로 앞을 내어
상하평 깊이 갈고 후직의 본을 받어 백곡을 뿌렸으니
용성의 지은 책력 하시절이 돌아왔네
4. 이마 우에 흐르는 땀은 방울방울 향기 일고
호미 끝에 이는 흙은 댕기댕기댕기 황금이로구나
5. 저 건너 갈미봉에 비가 묻어 들어온다

우장을 허리 두르고 삿갓을 써라

6. 한 농부가 썩 나서더니 모포기를 양손에 갈라쥐고

엉거주춤 서서 매기는 구나

친환경 논농사

모내기를 마치면 본격적으로 논 관리에 들어가게 된다. 벼의 성장은 〈모내기 - 분얼기 - 무효분얼기 - 수잉기 - 발수기 - 등숙기〉를 거친다. 논농사의 가장 큰 어려움이 무엇일까. 도열병, 이화명충, 애멸구, 혹명나방 등 병충해 방제, 물관리 등 여러 작업 마다 쉬운 것이 없을 테지만 제초작업도 그중 하나다.

논농사는 풀과의 싸움이었다. 논에 자라 오르는 풀을 방치하고선 밥을 먹을 수 없다. 논은 담수된 영역이기 때문에 수생잡초가 번성하는데 논이라는 특이 환경이 작업을 더욱 힘들게 한다. 6~8월 강한 뙤약볕이 내리쬐는 나무 한 그루 없는 들판에서 발이 푹푹 빠지는 진흙탕 논과 씨름하듯 물 텀벙거리며 허리 구부리고 피사리를 해 보면 알 것이다. 일반 벼농사는 제초제를 사용해 풀을 잡는다지만 제초제를 사용할 수 없는 친환경 벼농사의 경우 어떻게 해야 할까. 그래서 나온 것이 우렁이농법, 오리농법이다.

(1) 왕우렁이 농법

대표적인 친환경 벼농사 농법이다. 모심기 전 논은 수평을 잘

골라준다. 모내기 마치고 1주일 쯤 지나 모가 흙내를 맡아 자리를 잡으면 논에 새끼우렁이 5kg(10a당)을 넣어준다. 우렁이는 지역농협이나 공동작목반을 통해 공급받는다. 왕우렁이는 외래종으로서 우리나라 종과 다르다. 우리나라 우렁은 겨울에 월동을 하는 반면 이 종은 월동을 못하는 등 몇가지 상이한 특징을 가지고 있다. 특히 왕우렁이는 논에 풀어놓으면 왕성한 생식으로 개체 수가 늘어 논바닥에서 싹 터 올라오는 풀씨를 깨끗이 청소하듯 먹어 치워준다. 우렁이 농법은 이 생태 특성을 이용한 것이다.

(2) 오리 농법

오리농법도 우렁이농법 못지않게 널리 보급된 친환경 벼농사 농법이다. 모내기 1~2주 후 10a당 2주령 오리 25~30마리를 입식시켜 출수 전에 철수시키는 방법으로 진행된다. 오리는 논에서 벼 사이사이를 이동하며 잡초의 생육을 막아준다.

현재 친환경 논농사는 우렁이와 오리를 이용한 농가가 많다. 쌀겨를 이용하는 쌀겨농법, 참게를 이용하는 참게농법도 있다.37) 친환경 벼농사는 논의 환경에 근본적인 변화가 일어난다. 논에 사는 생물종이 다양해진다. 여러 가지 곤충들이 돌아오고 물에 사는 미생물과 메뚜기, 잠자리 등 곤충을 비롯한 동물들이 공생한다. 살아있는 화석이라 불리는 '긴꼬리투구새우'가 그 한 예로, 한때 멸종위기 야생동물 2급으로 지정되었는데 개체 수가 늘어나면서 2012년 해제됐다.

한반도 농사의 기원과 소로리 볍씨

인간이 농경을 시작한 것은 대략 1만 년 전 신석기 초기로 보고 있다. 그전에는 자연채취, 사냥, 어로 등을 통해 식품을 확보했다. 유목생활이 정착생활로 변화하고 유용작물과 재배를 알아가게 되면서 농경법을 익혀왔다. 농경의 발상지는 황하, 양자강, 인더스, 갠지스강, 티그리스강, 나일강 등 큰 강 유역과 마야, 에티오피아지역, 잉카 등과 같은 산간부, 또는 해안지대가 중심이었다. 정착하여 번성한 곳들은 대개 큰 범람원을 낀 지역이었고 농경도 이러한 지역을 중심으로 확산되어갔다.

한반도에서는 경기도 연천군 전곡리에서 1978년 4월에 발견된 주

---

37) 쌀겨농법은 모내기 전후 쌀겨를 살포 후(200kg/300평) 10~20일경 지나 발효되면서 논 잡초의 싹트기 및 생육을 억제하는 물질을 생성하는 성질을 이용한 농법으로 비용이 저렴하고 비료효과가 있다는 장점이 있으나 여러해살이 잡초에 효과가 없다는 단점이 있다. 참게 농법은 모내기 후 5월 중순경 참게(3만 마리/천 평/1cm)를 입식시킨다.

유기농법으로 재배하는 논에 다양한 재래종 벼가 자라고 있다.

먹도끼와 가로날도끼 등 아슐리안계 구석기유물은 한반도의 구석기 문화가 멀게는 20만년 전, 가깝게는 약 4만5천년 전에 존재하였음을 시사한다. 우리나라 작물 재배의 기원은 구석기 및 신석기 시대의 발달과 맥을 같이 하였을 것이다.

우리나라에서 논농사는 언제 시작되었을까. 논농사의 대표 작물인 벼는 언제 한반도에 들어오게 되었을까? 한반도에서 쌀을 먹기 시작한 것은 학계 정설로는 길어야 5천년 전을 넘지 않는 것으로 추정되어왔다. 이를 뒷받침하는 유력한 증거물, 탄화미들은 한반도 여러 곳에서 발견되었다. 다음은 그 목록들이다.

- 경기도 고양군 일산읍 유적의 이탄층에서 발굴된 벼 껍질의 탄소 연대 측정 4천500~5천년 전(1991년).

소로리 고대벼

유사벼 출토사진

사진 : 소로리볍씨사이버박물관

- 경기도 김포군 통진면 가산리를 중심으로 한 한강 하류 주변의 이탄층에서 출토된 벼는 약 4천년 전(1991년).
- 경기도 여주군 점동면 흔암리 한강변 유적 탄화미는 3천년 전(1977년).
- 평양시 호남리 남경 유적지 탄화미 3천년 전.
- 충남 부여군 송국리 2천6백년 전(1974년).
- 경남 김해 유적지 탄화미 2천1백년 전.

한반도에서 재배되기 시작한 벼는 중국을 통해 전래되었다는 것이 학계의 정설이었다. 벼는 1만년 이전에 아시아에서 재배되기 시작한 것으로 추정되어 왔는데 그 기원지로는 인도의 아삼, 미얀마 및 라오스의 북부를 거쳐 중국 운남성에 이르는 지역이 꼽힌다. 세계적으로 공인된 것은 중국 호남성 옥섬암(玉蟾岩) 유적과 강서성 선인동(仙人洞) 동굴에서 발견된 벼로 각각 1만1천년, 1만5백년 전까지 거슬러 올라간다. 일본의 경우 현재까지의 정설은 한반도를 경유하거나 남부 큐슈지역을 통해 약 3천년 전으로 전파되었을 것으로 본다. 그런데 이 같은 학설들은 2002년 중대한 변화를 맞게 된다.

무려 1만5천년 전의 볍씨가 한반도에서 출토되었기 때문이다.

충북 청원군 옥산면 소로리에서 1997년부터 2001년 사이에 이루어

청원 소로리유적지(2004.4)

진 조사와 발굴의 결과 1만5천년 전후의 볍씨 59톨이 출토되었다. 지금까지 가장 오래됐다고 알려진 중국 볍씨보다 4천년이 앞선다. 이는 미국의 방사성 탄소연대 측정연구소인 지오크론(Geochron)과 서울대 연구소 두 기관에 의해 확인되었고 세계적으로도 인정됐다. 전자제품, 선박, 대형건물 같은 것들이야 현대기술로 만들 수 있지만 지난 역사시기의 문화유산은 아무리 기술이 발달해도 한 조각도 만들어내지 못한다. 특히 농업과 연관된 문화유산이라는 점에서 의미가 크다.

■ 볏짚 환원

우리나라 논 토양의 유기물 함량은 일반적으로 적정 범위인 2~3%에 비해 턱없이 부족하다. 유기물 함량을 높이는 좋은 방법 중 하나는 논에 볏짚을 되돌려주는 것이다. 최근에는 볏짚을 팔아버리니 안타깝다. 볏짚을 잘게 잘라 가을갈이에 사용하면 이듬해 고품

질 쌀 생산에 도움이 된다. 땅속에 묻힌 볏짚이 분해되면서 질소, 인산, 칼륨, 규산 등 다양한 양분을 토양에 공급하기 때문이다.

　한해 평균 볏짚 생산량은 대략 10a당 600kg으로 이중 유기물은 174kg, 요소 9.3kg, 용과린 28.5kg, 규산 252kg 등이 함유되어 있다고 알려져 있다.

　볏짚에 들어있는 모든 영양분을 돈으로 환산하면 16~19만 원 정도로 추산된다고 하며 이는 곤포사일리지 한 개당 3~5만 원 정도에 거래되는 것을 감안하면 볏짚을 판매할 경우 대략 11~16만 원을 손해보는 셈이라고 할 수 있다. 볏짚을 논에 되돌리면 땅심이 증진되고, 논에 이로운 미생물이 증식되며, 토양의 물리화학성이 좋아져 결과적으로 색깔, 맛 등 쌀 품질의 향상을 가져올 수 있다. "유기물이 부족한 논에게 볏짚은 보약과 같다"는 말은 이를 두고 한 가르침이다.

작물 씨뿌림과 바로심기 시기

- 2~3월: 고추, 가지, 방울토마토, 감자 싹틔우기, 부추, 대파, 수박, 참외, 오이, 브로콜리
- 4월 초순: 아욱, 시금치, 얼갈이 배추, 상추, 근대, 쑥갓, 치커리, 신선초, 브로콜리(모)

- 4월 중순: 당근, 콜라비, 작두콩, 열무, 생강, 잎들깨, (근대, 당귀, 부추, 상추, 셀러리, 쑥갓, 엔디브, 치커리, 파슬리 모종류)
- 4월 초순~5월 초순: 쑥갓, 양배추, 케일, 호박, 목화, 피마자, 도라지, 대파, 우엉
- 4월 중하순: 돌산갓, 청경채, 강낭콩, 토란, 방울토마토(모종)

- 4월 하순: 땅콩, 벼, 호박, 호박고구마, (강낭콩, 비트, 오이, 청경채, 다채, 토마토 모종류)
- 4월 하순~5월 초순: 고구마, 비트, 순무, 완두콩, 당근, 옥수수, 양배추 (고추, 가지, 오이, 참외, 수박, 땅콩 등 모종류), 돼지감자, 잎들깨(노지)
- 5월 초순: 생강, 율무, 토란, 피망, 파프리카, 흑임자, 풋콩
- 5월 중순 : (야콘, 오크라 모종류)
- 5월 중하순: 참깨, 들깨, 샐러리, 고구마

- 6월 상순 : 서리태
- 6월 중순 : 백태, 청태, 흑팥, 녹두, 적두, 참깨(2기작), 조, 수수
- 6월 하순 : 콩나물콩
- 6월 하순~7월 초순 : 들깨
- 7월 하순~8월 중순 : 당근, 메밀, 브로콜리
- 8월 상순 : 케일(모종)
- 8월 상중순 : 상추(모) 양배추(모)
- 9월 : 콜라비(모)
- 8월 중순~9월 중순 : 브로콜리(모)
- 10월 하순 : 양파
- 10월 중하순 : 마늘, 보리, 밀

■ 가을 김장채소 씨뿌림 시기 ■

배추(8월 상중순) / 무(8월 중순~9월 초순) / 쪽파(8월 하순~9월 상순) / 갓(8월 하순~9월 중순) / 돌산갓(8월 중하순) / 순무(8월 하순~9월 초순) / 당근(8월 상중순) / 아욱. 치커리. 방풍. 쑥갓 (9월) / 고들빼기(7월 하순~8월 중순, 10~12월, 다음해 3월 수확) / 파(8~9월 바로심기, 다음해 4월 수확) / 채심(8월 중순, 10~11월 수확) / 가을시금치 (9월) / 월동시금치 (10월)

√주의 : 중부지방 기준이며 지역과 품종, 재배환경과 시설에 따라 씨뿌림과 이식 시기는 재배농가에 따라 다를 수 있다.

식물의 과별 분류

식물의 구분은 인간의 이용 목적에 따라 나누는 분류법이 일반적이다. 식물을 생물학적 분류법에 따라 이해하면 식물의 모양, 성질과 특성, 이용 배경 등을 훨씬 더 감각적으로 이해할 수 있다. 식물 분류는 '문강목과속종'으로 계통을 나눈다. 이 책에 나오는 식물을 중심으로 과별로 모았다.

· 가지과 : 가지 / 토마토 / 고추 / 감자 / 담배
· 국화과 : 민들레 / 머위 / 취 / 해바라기 / 고들빼기 / 엉겅퀴 /
　　　　　쑥갓 / 씀바귀 / 뚱딴지 / 쑥 / 우엉 / 지칭게
· 콩과 : 대두 / 서리태 / 땅콩 / 강낭콩 / 녹두 / 완두 / 동부 /
　　　　팥 / 토끼풀 / 자운영
· 꿀풀과 : 들깨 / 바질 / 배초향 / 익모초 / 로즈마리 / 차즈기 /
　　　　　박하 / 민트 / 광대나물
· 메꽃과 : 고구마 / 유홍초 / 나팔꽃 / 메꽃 / 새삼
· 박과 : 오이 / 참외 / 호박 / 수박 / 여주 / 동과 / 수세미
· 백합과 : 마늘 / 파 / 양파 / 부추 / 쪽파 / 달래 / 삼채
· 벼과 : 벼 / 보리 / 밀 / 옥수수 / 조 / 수수 / 율무 / 피 / 대
· 비름과 : 시금치 / 아마란스 / 비트 / 근대 / 비름 / 명아주 /
　　　　　댑싸리 / 맨드라미
· 산형과 : 당근 / 당귀 / 미나리 / 셀러리 / 삼엽채 / 파슬리 /
　　　　　신선초 / 강활 / 구릿대 / 시호 / 참나물
· 십자화과 : 배추 / 무 / 갓 / 열무 / 케일 / 순무 / 브로콜리 /
　　　　　　냉이 / 청경채 / 유채 / 양배추 / 콜라비 / 적환무
· 아욱과 : 아욱 / 무궁화 / 목화 / 접시꽃 / 닥풀 / 부용
· 생강과 : 생강 / 강황
· 천남성과 : 토란 / 창포
· 초롱꽃과 : 도라지 / 인삼 / 더덕 / 잔대 / 금강초롱꽃

철따라 텃밭 작물 기르기

발행 | 2021년 3월 12일
저자 | 통소농부 정혁기
펴낸이 | 한건희
펴낸곳 | 주식회사 부크크
출판사등록 | 2014.07.15.(제2014-16호)
주소 | 서울특별시 금천구 가산디지털1로 119 SK트윈타워 A동 305호
전화 | 1670-8316
이메일 | info@bookk.co.kr
ISBN | 979-11-372-3928-9

• 통소농부 정혁기
산골에서 태어나 어린 시절을 보내고 도시로 나왔다.
고등학교를 졸업하고 서울대학교 농과대학(농업생물학과)에 입학하여
농업과 인연을 맺었다. (사)한국농어촌사회연구소, 흙살림, 자활기관,
직업학교, S&Y도농나눔공동체 등에서 활동했다. 농업, 생태, 인류문화,
통소 등의 주제에 대해 교육 활동하며 틈틈이 글을 쓴다. 지은 책으로
『글쓰는 농부의 시골일기』, 『철따라 마중하는 텃밭』이 있다.
• 표지 그림 : 정경숙